KB115272

네르가시아 장편소설

FUSION FANTASTIC STORY

더 무왕 연대기

도시 무왕 연대기 7

네르가시아 장편소설

초판 1쇄 찍은 날 § 2016년 3월 11일
초판 1쇄 펴낸 날 § 2016년 3월 18일

지은이 § 네르가시아
펴낸이 § 서경석

편집책임 § 이재림

펴낸곳 § 도서출판 청어람
등록번호 § 제387-1999-000006호
등록일자 § 1999. 5. 31
어람번호 § 제1-2376호

주소 § 경기도 부천시 원미구 부일로 483번길 40 서경B/D 3F (우) 14640
전화 § 032-656-4452 팩스 § 032-656-4453
http://www.chungeoram.com
E-mail §chungeorambook@daum.net

ⓒ 네르가시아, 2015

ISBN 979-11-04-90694-7 04810
ISBN 979-11-04-90445-5 (세트)

※ 파본은 구입하신 서점에서 교환하여 드립니다.
※ 저자와 협의하여 인지를 붙이지 않습니다.
※ 이 책은 도서출판 청어람과 저작자의 계약에 의해 출판된 것이므로,
   무단 전재 및 유포·공유를 금합니다.

네르가시아 장편소설

FUSION FANTASTIC STORY

대무방
연대기

목차

외전. 해적

　1405년, 영국과 프랑스의 피비린내 나는 전쟁이 계속되고 있다.

　무혁은 영국군의 선봉장으로서 그 임무를 톡톡히 수행해내고 있었다.

　처음 사병으로 입대하여 지금까지 수많은 전투를 치르며 실전 감각을 기른 그는 곧 남작의 작위를 하사받을 것이라고 군부는 입을 모았다.

　그리고 여름이 왔을 때, 왕실에선 드디어 그의 작위 상승을 윤허하고 영지를 하사하였다.

빠바바밤!

런던 버킹엄궁전에서 리처드 라이트플라워 남작의 등장을 알리는 작위수여식이 거행되었다.

근위병의 사열을 따라 국왕의 앞에 선 그는 숙연한 표정으로 무릎을 꿇었다.

얼마 전 그는 하나뿐인 혈육인 조부를 여의고 슬픔에 잠겨 있었지만 그 눈빛에는 여전히 이채가 서려 있었다.

헨리 4세는 무혁의 어깨에 예검을 올리며 작위를 수여함을 선포했다.

"그대를 영국 왕실의 수호자이자 고귀한 혈통으로 인정하고 선포하노라."

"망극하옵니다, 폐하!"

대신들은 무혁의 작위 수여를 축하하는 박수갈채를 쏟아냈다.

짝짝짝짝!

그는 맨땅에서 자신이 홀로 이룩한 모든 것을 만끽했다.

'드디어 내 인생에도 빛이 내려오는구나!'

앞으로 그는 귀족으로서 가문을 빛내고 영국의 충직한 신하가 되기로 마음먹었다.

다음 날, 무혁은 오늘도 어김없이 출정을 준비했다.

곧 영국군의 함대가 노르망디를 포함한 북프랑스 지대를 점령할 교두보 마련을 위한 진격을 시작할 것이기 때문이다.

기쁨을 만끽할 시간도 없이 찾아온 진격에도 불구하고 그는 여전히 즐거운 표정이었다.

똑똑.

"남작님, 제프입니다."

"들어오게."

천태의 전령이자 무혁의 현 집사인 제프가 그에게 서찰을 하나 건넸다.

"받으시지요."

"이게 뭔가?"

"방주님께서 남기신 겁니다."

"할아버지께서?"

그는 하늘로 떠나 버린 천태를 그리워하여 매일 밤 그의 검과 옷을 끌어안고 잠을 청했다.

그런 조부가 남긴 편지라니, 무혁은 흥분을 감출 수가 없었다.

하지만 봉인을 뜯어본 그의 표정에는 실망감이 가득했다.

무혁이 보아라.

아마도 네가 이 편지를 보았을 때쯤엔 감옥에 들어갔거나 여전히 전쟁 한복판에서 피를 보고 있을 테지.

어찌 되었건 간에 여전히 못 볼 꼴을 보고 살아가고 있다는 것만큼은 틀림이 없구나.

무혁아, 이 할아비는 우리가 귀족이 되자고 영국행을 선택한 것이 아니었다. 그저 두 육신 발붙이고 살 수 있는 땅이 있으면 좋겠다고 생각한 것이지.

본 교의 부흥이나 가문의 부활, 그런 것은 이제 그만 잊고 평범한 장사치로 살아가는 것도 나쁘지는 않겠다고 깨달은 것이지.

하지만 이 할아비가 그 모든 것을 깨달았을 때엔 이미 때가 많이 늦었구나.

네 손에 하루도 마르지 않는 피를 보고 있자면 내가 중원무림에서 행하던 그 살육의 길과 지금의 네가 별반 다르지 않다는 것을 깨달았단다.

하여 이 할아비는 네가 왕실의 충성스러운 부하가 아니라 자유로운 영혼으로서 살아갔으면 한다.

이미 방은 네가 명화방주로서 등극할 수 있도록 모든 준비를 마쳐놓은 상태이며 본거지를 페르시아만으로 서서히 옮기는 중이란다.

어쩌면 네가 이 글을 읽고 있을 때쯤이면 가문의 모든 가산이 우리 명교의 옛 고을에 모두 옮겨졌을 테지.

무혁아, 사내는 무릇 자신이 해야 할 일과 하고 싶은 일을 구분할 줄 알아야 한다고 이 할아비는 가르쳤다.

그래, 사내는 하고 싶은 일을 대의에 맞춰서 따라가는 것이 옳다. 하지만 지금 네가 하고 있는 이 전쟁, 결코 네 조국을 위한 것도 아니고 민족을 위한 것도 아니란다.

단지 왕가와 귀족들의 배만 불리고 욕심을 채우기 위한 병정놀이에 네가 놀아난 것뿐이지.

무혁아, 아마도 내가 우리 가문의 가산을 모두 페르시아만으로 옮긴 것을 알면 왕가에서 가만히 내버려 두지 않을 것이다.

지금까지 우리가 왕실에 바치던 세금이 일개 영지를 하나 세우고도 남을 정도였으니까 말이다.

돈줄이 끊어졌다는 것, 그것은 결국 네가 더 이상 필요 없어졌다는 뜻일 게다. 보거라. 너의 조국은 영국이 아니라 저 망망대해라는 것을 느끼게 될 테니.

이 할아비가 너에게 남기는 마지막 유언은 바로 '자유'이니라.

—할아비가.

무혁은 천태의 편지를 읽고 난 후 도대체 천태가 자신에게 왜 이런 행동을 한 것인지 이해할 수 없었다.

"곧 작위가 상승하고 할아버지를 영지에 모실 수 있게 되었는데! 도대체 나에게 왜 이런 일을……?"

분개하는 무혁에게 제프가 말했다.

"도련님, 이제 그만 피를 묻히지 마시고 저희들과 함께 가시지요. 앞으로 영국의 정권은 바뀔 것이고 정세는 급변할 겁니다."

"…뭐라?"

"누구에게나 암흑기는 찾아오게 마련입니다. 우리 명화방 역시 암흑기를 거쳐 지금에 이르렀으니 앞으로 태평성대만 가득하겠지요. 하지만 영국은 아닙니다. 벌써부터 도련님의 출신 성분을 두고 말이 많습니다. 그나마 전대방주님께서 영국 왕실에 엄청난 양의 재화를 바쳤기에 이 정도지 그렇지 않았다면 도련님은 벌써 전장의 이슬로 사라졌을 겁니다."

무혁은 고개를 가로저었다.

"아니, 왕가는 다르다. 왕자 전하는 나를 충신이라 여기신단 말이다. 그런데 어찌……."

"충신과 충복, 충복과 충견은 종이 한 장 차이일 뿐입니다."

배신과 배신이 판치는 정치판에서 무혁을 떼어내려는 천태의 설득은 먹히지 않은 것 같았다.

그는 허리에 칼을 차고 다시 전장으로 향했다.

"…나는 간다."

"도련님, 기다리고 있겠습니다."

무혁은 이내 군대를 따라 함대에 몸을 실었다.

*　　　*　　　*

북프랑스로 떠나려던 영국의 함대가 어쩐 일인지 떠나지 않고 그대로 정박해 있다.

무혁은 갑판장에게 출항에 대해 물었다.

"어째서 닻을 올리지 않는 것인가?"

"아직 출정하지 말라는 왕명이 있었습니다."

"왕명이?"

이 전쟁은 순전히 왕가에 의해 주도되고 그들을 위하여 치러지는 전쟁이었다. 그런 왕가에서 전쟁을 멈출 이유는 그 어디에도 없었다.

더군다나 오늘은 날씨가 무척이나 화창해서 바람만 잘 타면 돛이 순풍을 맞을 것이 분명했다.

그럼에도 불구하고 출정을 꺼리는 이유가 과연 무엇일까?

잠시 생각에 잠겨 있던 무혁에게로 왕실의 근위대가 다가왔다.

"리처드 라이트플라워 남작님, 잠시 하선하셔야겠습니다."

"…나 말이오?"

"왕명입니다. 잠시 내리시지요."

지금 무혁을 데리러 온 사람은 근위대장 제이든이다.

왕명을 받지 않았다면 제이든은 절대로 움직이지 않았을 것이며, 어지간히 중대한 사안이 아니었다면 근위대장까지 움직일 일은 없었을 것이다.

무혁은 뭔가 일이 잘못되어 가고 있다는 것을 느낄 수 있었다.

'…도대체 뭐야? 뭐가 어떻게 되어가고 있는 것이지?'

무슨 영문인지 알 수가 없는 무혁이지만 일단 배에서 내려 근위대장을 따르기로 했다.

"일단 갑시다. 헌데 무슨 일인지 알려줄 수 없는 것이오?"

"가서 얘기하시죠."

병사들에 이끌려 떠나가는 무혁을 바라보며 병사들은 조금씩 동요하기 시작했다.

"남작님께서 끌려가신다?"

"설마하니 이대로 선봉장 없이 전투를 치러야 하는 건가?"

"설마……."

"조용히 해라! 선봉장께선 잠시 왕명으로 접견을 가시는 것뿐이다! 모두 맡은 바 임무를 다하고 있으라!"

전쟁에서 영웅의 존재 유무는 그 판도가 뒤집힐 정도로 중요한 일이다.

지금 영국군에게 있어 무혁의 존재는 선봉을 이끄는 길잡이와 같았으며, 그가 없는 진격은 생각조차 할 수 없었다.

　　병사들은 심각하게 동요했고, 기사들은 그들을 다잡기 위해 애를 썼다.

　　영국군 막사로 끌려가 보니 체스터필드 후작이 무혁을 기다리고 있었다.

　　"후작께서 어인 일로 이곳까지 오신 겁니까?"

　　"왕명이 있었소. 왕자 전하께선 남작을 상당히 아끼긴 하오만, 그렇다고 국론까지 뒤로하실 정도는 아니라오."

　　"국론이라면……."

　　"그대의 가문 라이트플라워의 배신 말이외다. 이것은 상당히 중차대한 사안이오. 영국 왕실에서 벌어들인 돈을 뒤로 빼돌리는 것은 반역에 해당하는 일이오. 그것을 모르는 것은 아니겠지."

　　무혁은 인상을 와락 구겼다.

　　"…우리 집안의 사유재산입니다. 그것을 상단 휘하의 분단에 배분시킨 것이 어째서 죄라는 말입니까?"

　　"가문 전체의 가산을 뒤로 빼돌린 것은 작위를 버리고 프랑스로 귀의하겠다는 뜻이 아니고 무엇이란 말이오? 그렇지 않소?"

"……."

"안 그래도 현 왕실에선 전쟁자금을 충당하느라 재정적으로 꽤나 큰 곤란을 겪고 있소. 그런 와중에 신하라는 작자가 가산을 빼돌려 자신의 배만 불리고 있다니, 이는 천인공노할 일이 분명하오."

아무리 라이트플라워 가문이 영국의 신하라곤 해도 사유재산의 유동까지 간섭할 수는 없는 일이다.

물론 이것이 반역에 연루된다면 문제는 심각해진다.

체스터필드 후작은 무혁에게 밀지를 하나 건네면서 말했다.

"이것은 글루스터 공작과 우리 영주들이 신하 된 도리로서 국왕폐하께 올린 상서이오. 그 안에는 그대의 가문에서 추가로 내야 할 세금이 전부 들어 있소. 거기에 법적으로 그에 상응하는 추징금까지 들어 있소이다. 영국의 백성이라면 누구든 내야 하는 것이 세금이고 준법정신이 투철한 귀족이라면 무릇 떳떳하게 법을 따라야 하오. 그것이 바로 고귀한 혈통으로서 갖추어야 할 첫 번째 덕목이 아니겠소?"

그가 무혁에게 건넨 밀지에는 세금 명목으로 금화 50만 개, 추징금으론 무려 350만 개의 금화를 내라는 내용이 들어 있었다.

"…아무리 저희 가문이 돈이 많다고 해도 이 많은 돈을 지금 당장 어떻게 충당하라는 겁니까?"

"법은 법이오. 따르지 못할 것이라면 당장 체포하여 법의 심판을 받게 하는 수밖에."

"……"

이것은 마치 돈을 내놓지 않으면 감옥에 들어갈 테니 억지로 만들어서라도 내어놓으라는 소리밖에 되지 않았다.

차라리 지나가던 강도에게 주머니를 다 털리는 것이 낫지, 이것은 순 억지 중에서도 악질이라 할 수 있었다.

무혁은 딱딱하게 굳은 표정으로 물었다.

"…이 사안에 대해서 왕자 전하께서도 알고 계십니까?"

"아마 폐하께서 언질은 해주셨겠지."

"그런데도 이 일이 속행되어 저에게까지 왔단 말입니까? 왕자 전하께선……."

"전하께서도 이 나라의 신하라는 것을 잊지 마시오. 아무리 왕자 전하라고 해도 폐하와 귀족들의 신의를 저버리게 되면 죄인으로 전락할 수밖에 없소. 그대가 충신이라면 미래의 왕을 위해 한 발자국 물러서야 할 것이외다."

전쟁에는 엄청난 돈과 인명이 들어가게 마련이다.

특히나 지금과 같이 전염병이 나라와 대륙을 휩쓸고 간 이후엔 그 부담이 몇 십, 몇 백 배로 늘어나게 될 것이다.

왕가에선 그 부담을 귀족들에게로 돌렸고 귀족들은 백성들에게 그 부담을 돌렸지만, 그것만으론 충당이 될 것이 있고 안 될 것이 있었다.

결국 충당할 수 없는 부담은 신흥재력가로 떠오른 무혁의 집안에서 모두 뒤집어쓰게 된 것이다.

지금 무혁이 추징하게 될 세금과 추징금은 당분간 몇 년 동안 전쟁에 들어가는 군비를 충당하고도 남을 정도의 양이었다.

이 엄청난 금화를 무혁이 혼자 다 짊어진다는 것은 갑부에서 순식간에 거지가 될 수밖에 없다는 소리였다.

그제야 무혁은 자신이 지금까지 뜬구름을 잡기 위해 달려왔다는 것을 깨닫게 되었다.

'…난 이제까지 무엇을 위해 피를 흘려온 것인가?'

정통 브리타니아 혈통도 아니고 그렇다고 북유럽 태생도 아닌 무혁이 이곳까지 온 것은 순전히 천태의 어마어마한 재산 덕분이었다. 만약 천태의 재산이 아니었다면 무혁은 아예 군인으로서 성공할 생각도 하지 못했을 것이다.

무혁은 체념한 듯이 고개를 숙인다.

"좋습니다. 일단 왕실로 돌아가 마무리를 짓도록 하겠습니다."

"그렇다면 전쟁은 어떻게……"

"죄인이 무슨 전쟁에 나가겠습니까?"

순간, 체스터필드 후작의 표정이 딱딱하게 굳어버렸다.

"…결국 작위를 버리고 죄인이 되겠다는 소리인가?"

"모든 것은 법이 알아서 하겠지요."

체스터필드 후작은 투구를 벗어 한쪽에 가지런히 놓은 무혁에게 말했다.

"군인으로서 명예도 저버리다니, 아마 군정에서도 그대를 보호하지는 못할 것이오."

"알고 있습니다. 저는 제 부하들에게 더 이상 상관도 아니지요. 그저 잊힐 전우일 뿐입니다."

이윽고 근위대가 막사로 들어와 무혁의 양팔을 잡아끌었다.

"가시죠."

"그럽시다."

근위대에게 무장해제를 당한 무혁은 순순히 그들을 따라 런던으로 향했다.

* * *

영국왕실에 의한 재판이 끝나고 난 후, 무혁은 런던 지하 감옥에 수감되었다.

똑똑!

물방울 떨어지는 소리와 함께 시궁쥐들의 요란한 발소리가 귓전을 맴돌고 있다.

무혁은 황망한 눈으로 천장을 바라보았다.

"할아버지, 이 멍청한 손자가 천지 분간도 못하고 날뛰다가 제사도 못 지낼 처지가 되어버렸군요. 죄송합니다."

그는 품속에 간직하고 있던 유서를 앞에 놓고 큰절을 올렸다.

"차린 음식도 없고 복색도 이 꼴이지만 제사를 거를 수는 없는 일. 할아버지, 소자의 절을 받아주십시오."

지하에 잠들어 있을 할아버지를 생각하면 벽에 머리를 찧고 자결하고 싶었지만 차마 그럴 수는 없었다.

어찌 되었건 가문에 남은 유일한 자손인 그가 사라진다면 명화방은 다시 한 번 어둠 속으로 빠져들 것이기 때문이다.

무혁이 두 번째 큰절을 올리려는 바로 그때였다.

쿠쿠쿠쿵, 콰앙!

"크허어억!"

"웬 놈들이냐!"

"대장, 혼자 감옥에서 쉬고 있으니 좋아?"

"너, 너희들……"

드와프와 마블란 등 그의 동료 다섯 명이 목숨을 걸고 파옥을 시도하러 온 모양이다.

그들은 명화방의 상징인 불타는 꽃을 가슴에 새긴 채 그를 맞았다.

"가자. 모두 다 기다려."

"…그래, 가자."

바닥에 있던 유서를 품속에 갈무리한 무혁은 미련 없이 감옥을 나섰다.

그의 동료들은 무혁을 호위하면서 그에게 물었다.

"그런데 대장, 이제 우리는 어떻게 되는 거지?"

"어떻게 되긴, 망망대해를 누비면서 장사나 하는 것이지."

"우리는 분명 지명수배자가 될 텐데?"

"괜찮아. 바다는 넓으니까."

"하긴."

무혁과 일행은 명화방의 새로운 본거지가 될 페르시아만으로 향했다.

1. 폭탄급 인수합병

겨울이 완연한 11월의 밤.

고오오오오!

싸늘한 바람이 부는 한강 둔치에 한 사내가 홀로 담배를 피우고 있다.

"후우! 춥군."

담배 연기가 다 얼어붙을 정도로 추운 오늘의 날씨는 뉴스에서 60년 만에 불어 닥친 이례적인 한파라고 보도했다.

사내는 연신 종종걸음을 치며 추위를 이겨내고 있었다.

잠시 후, 그런 그의 앞으로 검은색 고급 승용차 한 대가 미끄러지듯 달려왔다.

"정 국장, 오랜만이지?"

"…하여간 약속 한 번 참 안 지키는 양반이군요."

"하하, 미안! 내가 요즘 정무로 좀 바빠서 말이야."

승용차의 문이 열리며 중년 신사가 사내를 안으로 초대했다.

"누추하지만 좀 들어오시겠나?"

"이것 참, 제가 국정 수석 차관님의 차를 다 얻어 타다니, 영광입니다."

"미안하다고 했잖나? 그만 비꼬고 타시게나."

사내가 차에 들어서자 중년 신사는 그에게 검은색 슈트 케이스와 함께 서류를 한 장 건넸다.

"자네에게 청탁한다고 나를 감옥에 보내지는 않겠지?"

"제가요? 뭣 하려고요?"

"요즘 자네들 이미지가 그렇더군. 정의의 사도, 신신문고, 국민대표유생, 뭐, 이 정도?"

"하여튼 여론은 사람들을 정형화된 이미지로 만들어 버리는 것을 즐기는 것 같습니다."

"그래야 씹을 거리도 생기는 것 아니겠나? 여론의 자경단이라니, 자네들이 우리보다 나은 것 같아."

사내는 검은색 슈트 케이스를 열어보았다.

딸깍!

그러자 그 안엔 반짝거리는 금괴가 아주 가지런히 줄을 맞춰 누워 있다.

"이게 웬 금붙이입니까?"

"일종의 배당금이라고 해두지."

"이야, 부수입으론 아주 제대로인데요?"

"내가 뭐라고 했나? 우리와 손잡으면 절대로 손해 볼 일은 없을 것이라고 안 했던가?"

"뭐, 이것으로 저도 강남에 저택이나 하나 마련해야겠습니다."

"좋으실 대로 하시게."

이윽고 사내는 봉투에 들어 있는 서류를 가리키며 말했다.

"이제 말씀하신 그 청탁에 대한 서류입니까?"

"열어보게. 뭐, 청탁이라고 하기엔 뭣하지. 사실 그대로의 제보이니까."

"제보요?"

서류를 열어본 사내는 화들짝 놀라 중년인을 바라보았다.

"이, 이게 뭡니까?"

"뭐긴, 사실 그대로의 팩트라니까."

"그, 그러니까 말입니다! 이게 진짜 팩트라면……"

"아마도 주식 시장이 한 번 더 꿈틀거리겠지. 이번에는 죽어 사장되는 기업이 생기는 것이 아니라 진정한 국수주의 언론들이 생겨나는 거야."

"허, 허어!"

중년 신사는 그의 어깨를 두드리며 말했다.

"조만간 우리가 자네의 방송국을 열어줄 생각이네. 잘 알지? AS그룹의 방송사 열 곳이 경영 악재로 파산 위기를 맞았던 것 알이야. 그 방송사 다 통합하고 나면 자네 방송사 한 곳 끼워 넣어주겠네. 그러니 지금 내가 주는 정보들 잘 받아먹어서 나중에 자경 방송사를 차렸을 때 제대로 영향력 한번 펼쳐 보시게나."

"제, 제가 이런 대접을 받아도 되는 겁니까? 어째서 저 같은 놈에게……."

"후후, 뭐랄까? 적당히 반항적이고 적당히 비뚤어진 언론인이 필요하다고나 할까? 우리 쪽엔 그런 사람이 필요했거든."

"…그렇군요."

"아무쪼록 내가 부탁한 일은 제대로 처리해 주게. 아주 세게 말이야."

"좋습니다. 아주 세게."

대화를 마친 한쪽은 흡족한 미소를 짓고 있고 한쪽은 한껏 상기되어 있다.

일이야 어찌 되었건 두 사람은 원하는 바를 모두 챙겼으니 서로 원원했다고 할 수 있었다.

11월 중순, 대한민국 주식 시장은 통신사 대란 이후 최고의
이슈를 만들어냈다.

굴지의 포털사 드라이버와 데이즈가 인터넷 포털 순위 3위
에이트에게 인수 합병된다는 말도 안 되는 소식이 퍼진 것이
다.

포털사 드라이버는 지금까지 인터넷, 게임, SNS, 메신저, 언
론, 연예 등 각종 업계에 폭넓은 영향력을 행사하고 있었다.

데이즈 역시 드라이버와 자웅을 겨룰 수 있을 정도의 영향
력을 가지고 있었으며, 실질적인 구매력은 드라이버를 훨씬 뛰
어넘는다는 평을 받고 있었다.

그런 두 굴지의 기업이 인터넷 업계 지분율 5%에 간신히 미
치는 에이트에게 인수 합병당한다는 소식은 사람들을 반신반
의하게 만들었다.

하지만 이 불같은 소식에 기름을 들이붓는 사건이 발생하게
되었으니, 그것은 바로 드라이버와 데이즈가 공식 입장을 표명
한 것이다.

드라이버와 데이즈는 자신들의 지분을 에이트의 지주회사인
엘란트 그룹에서 인수하여 각 도매인을 살리고 회사만 인수한

다는 입장을 내어놓았다.

인터넷 네티즌들은 이들의 입장 표명에 엄청난 관심을 쏟아냈고, 연일 상한가를 기록하고 있었다.

언론사 '온팩트(on fact)'는 이 포털사 통폐합이 인터넷 언론 탄압의 시작이 아니냐는 취지로 처음 인터넷에 통폐합을 대서특필했다.

이들의 자극적 기사 게재로 인해 인터넷은 지금 포털사 합병에 대한 소식으로 들끓고 있었다.

덕분에 온팩트의 위상은 한층 더 높아졌으며, 그들에 대한 신뢰도는 국민조사 1위를 차지하게 되었다.

게다가 올해의 언론상까지 수상하게 된 온팩트는 명실상부한 대한민국 1등 언론사로 발돋움하게 되었다.

온팩트의 보도국장 정철민은 이번 사건으로 인해 국장에서 사장으로 단박에 승진하였고, 조만간 새로운 종편방송국의 출범이 있을 것이라고 알렸다.

이로써 방송계에는 새로운 언론 세력이 출현한 격이 되었으며 인터넷 언론계는 이것을 두 번째 이슈로 보도하였다.

유주는 아침부터 인터넷을 도배한 포털사 통폐합에 관한 기사를 읽고 있었다.

"여기저기 다 똑같은 기사뿐이군."

그녀가 아침에 출근해서 하는 가장 첫 번째 일은 인터넷 정황 탐색이며, 두 번째 하는 일은 요주의 인터넷 도매인을 감시하는 일이었다.

그러다 정황 탐색에서 건진 몇 가지 이슈와 요주의 인터넷 도매인이 뭔가 관련이 있다 싶으면 곧장 조사에 착수하는 것이다.

비록 하루 종일 형사부의 협력 수사로 시간을 할애하는 그녀이지만 공안으로서의 책무는 저버리지 않고 있었던 것이다.

하지만 그런 듀얼 플레이는 사람을 극도로 피곤하게 만드는 부작용이 있었다.

"…눈이 너무 아프군."

자리에서 일어선 그녀는 음료수 자판기로 향했다.

요즘 공안부 자판기에는 꽤 괜찮은 가격에 1.5리터들이 음료수를 판매하기 때문에 그녀는 매일 이곳에 붙어살다시피 했다.

철컹!

지폐를 넣고 이온음료를 두 병이나 산 그녀는 그 자리에 바로 주저앉아 병을 거꾸로 물었다.

꿀꺽꿀꺽!

"크흐, 좋다!"

거침없이 음료수를 마시고 있던 그녀에게 문득 한 통의 전화가 걸려왔다.

지이이잉!

[성자현]

"자현이?"

성자현은 상명그룹의 둘째 딸로 그녀와는 고등학교 때 잠깐 동아리 활동을 함께한 인연이 있다.

물론 그 후로 기업가 자녀들의 친목회에서 잠깐 얼굴을 보곤 했지만 그렇게 친하게 지낸 사이는 아니었다.

그런 그녀가 전화를 걸다니, 참으로 의외라는 생각이 드는 유주다.

"여보세요?"

—…혹시 박유주 검사님 핸드폰 아닌가요?

"맞아. 나야, 유주."

—그래, 유주야, 잘 지내니?

"뭐, 그럭저럭. 그나저나 어쩐 일이야? 이 아침부터 전화를 다 주고?"

—오늘 혹시 시간 괜찮으면 점심이나 함께할까 싶어서.

"점심?"

그녀는 고개를 갸웃거렸다.

"나, 나와 점심을 함께 먹고 싶다고?"

—내가 레스토랑을 예약해 놓았어. 11시 30분까지 상명빌딩 스카이라운지로 와. 그럼.

뚝.

자신의 할 말만 해놓고 전화를 끊어버린 그녀, 유주는 신경질적으로 쓰레기통을 발로 차버렸다.

쾅!

"이런, 아침부터 사람을 가지고 놀아? 요즘은 개나 소나 검찰을 우습게 안다니까!"

공사가 다망한 그녀에게 점심시간은 생각보다 훨씬 귀중한 시간이다.

그런데 이렇게 일방적으로 약속을 잡다니, 그녀의 입장에선 신경질이 날 수밖에 없었다.

하지만 갑자기 그녀가 이렇게 마이페이스로 약속을 잡고 초대도 아닌 통보를 해온 것에는 무언가 이유가 있을 터였다.

일단 그녀는 타는 속을 달래기 위해 음료수를 거꾸로 물었다.

꿀꺽꿀꺽!

"크으, 이제 좀 낫군."

그녀는 오늘 스케줄을 비우기 위해 검사 사무실로 돌아갔다.

*　　　　*　　　　*

그날 점심, 유주는 태하의 차를 타고 상명빌딩으로 향하고 있었다.

태하가 아까부터 계속 힘이 없는 그녀를 바라보며 물었다.

"뭐야? 왜 이렇게 힘이 없어? 감기라도 걸렸냐?"

"…아니, 점심시간에 대충 때우고 잠이라 푹 자려고 했거든. 젠장, 요즘 나를 가만히 내버려 두지를 않아서 말이야."

"잠을 자지 못해서 사람이 그 지경이 되어버렸군."

그녀는 거대한 물통을 가지고 있었는데, 그 안에는 이온음료가 한 가득 들어 있다.

태하는 그녀에게 자동차 뒷좌석을 가리키며 말했다.

"저 뒤에 보면 내가 만든 자양강장음료가 있어. 한 잔 마셔봐. 이온음료니까 너도 좋아할 거야."

"…됐어. 귀찮아."

"사람이 그렇게 귀찮아서 어떻게 사냐? 속는 셈 치고 한 번만 마셔봐."

"거참, 까다롭게 구네."

그녀는 하는 수 없이 태하의 자동차 뒷좌석에 있는 음료수를 꺼내어 한 모금 머금었다.

꿀꺽!

그러자 그녀의 눈이 번쩍 뜨인다.

"어, 어라?"

"어때? 괜찮지?"

"그러게 말이야. 이상하게 시원하면서도 머리가 맑아지는 것 같아."

"이번 우리 그룹의 주력 상품이야. 이 정도면 대박이지?"

"우와, 이런 물건은 도대체 어떻게 만들었데? 마약이라도 넣었어?"

"…그럴 리가 있나?"

"아무튼 효과 한번 좋구나."

"앞으로 자주 애용해. 네 몸에도 좋을 거야."

"시간 있으면 내 사무실로 한 트럭 보내줘. 요즘 아주 죽을 맛이야."

"후후, 그래."

두 사람이 수다를 떠는 동안 차가 상명빌딩 앞에 멈추어 섰다.

태하는 상명빌딩을 바라보며 조금 껄끄러운 표정을 지었다.

"…솔직히 난 상명빌딩에 들어가고 싶지가 않아. 알잖아? 자현이와 내가 어떤 관계인지 말이야."

"알아. 하지만 그래도 어쩌겠어? 나 혼자 가기엔 뭔가 좀 미심쩍은데 말이야."

"무슨 검사가 그렇게 겁이 많아? 설마하니 너를 어떻게 하기야 하겠어?"

"어떻게 못 하겠지. 하지만 분명히 어색할 거야. 난 어색한 분위기가 너무 싫어."

"하여간 손이 많이 가는 녀석이군."

"헤헤, 가자. 나중에 내가 맛있는 거 사줄게."

"그래."

사실 태하는 아주 오래전에 성자현과 맞선을 본 적이 있었다.

태하가 이미 정혼자가 있다는 것은 만천하가 다 아는 사실이었지만 그의 고모 김정란은 생각이 달랐다.

어떻게든 그의 위신이라고 깎아먹어 태형이 그 자리를 꿰차고 앉았으면 한 것이다.

하지만 태하는 성자현과 안면이 있는 사이였기 때문에 맞선에 나가자마자 그냥 동네 친구를 만난 것처럼 반갑게 인사만 하고 돌아갔다.

그때 그녀는 태하와 자신이 맞선을 본 것이라고 우기면서 한차례 난리를 피운 적이 있었다.

내막은 알 수 없지만 자존심이 센 그녀가 어째서 그런 난리를 피운 것인지는 알 수가 없던 태하다.

일이야 어찌 되었건 태하는 그녀의 얼굴만 보아도 소화가 다 안 되는 지경에 이르러 있었다.

때문에 어지간하면 성자현은 보고 싶지 않은 것이다.

하지만 오늘은 어쩔 수 없이 그녀를 볼 수밖에 없을 것으로 보였다.

*   *   *

상명빌딩 스카이라운지 레스토랑, 이곳은 강남에서도 유명인들이 단골로 다닐 정도로 인기가 좋았다.

평일 점심시간임에도 불구하고 이곳 레스토랑에는 빈자리를 찾을 수 없을 정도로 사람들이 붐비고 있었다.

태하는 그런 레스토랑에 들어서자마자 불평을 늘어놓는다.

"요즘 불경기라더니 다 거짓말인 모양이군. 무슨 고급 식당에 사람이 이렇게 많아?"

"그래도 버는 사람들은 다 버나 보지. 아무튼 들어가자고."

그를 데리고 레스토랑 VIP룸으로 들어선 유주는 건물의 주인이자 그룹의 상속녀인 성자현에게 인사를 건넸다.

"먼저 와 있었네?"

"저 사람은 누구?"

"내가 말했잖아. 오늘 누구를 좀 데리고 갈 것이라고."

"그러긴 했지. 하지만 겸상을 한다는 소리는 안 했잖아?"

"…뭐?"

"난 너와 단둘이 얘기하고 싶은데 말이야."

태하는 이때다 싶어서 발을 뺐다.

"그럼 저는 밖에서…."

"아니요. 괜찮아요. 이곳이 그냥 계세요."

"하, 하지만……."

"태하야, 괜찮아. 그냥 있어."

순간, 자현의 표정이 묘하게 일그러진다.

"누, 누구?"

"너도 잘 알잖아? 김태하. 네가 예전에 선보고 그냥 입만 싹 닦았다고 난리를 쳤던 그 김태하 말이야."

태하는 너무 놀라서 유주의 옆구리를 쿡쿡 찌르며 말했다.

"…왜 이러는 거야? 아까 마신 음료수가 잘못되었나?"

"괜찮아. 쟤도 너에게 빚이 있어. 그 사건에 대한 내막을 알려줘?"

"내막?"

유주가 내막이라는 소리를 꺼내자마자 성자현은 다급하게 그녀의 입부터 막았다.

"아, 아하하! 태하? 많이 변했구나! 그런데 넌 죽었다고……."

"아아, 잠깐만."

태하는 주변 유리창에 모두 블라인드를 친 후 자신의 원래 얼굴로 되돌아왔다.

뚜두두둑!

그제야 그녀는 무릎을 치며 태하를 알아보았다.

"정말이네? 그 김태하가 맞아!"

"오랜만이구나. 그동안 뭐 하고 지냈어?"

"…그냥 잘 지냈지."

"그렇구나."

태하는 조금 찝찝한 마음에 그녀에게 사정을 물었다.

"그나저나 그 내막이라는 것이 뭐야? 어째서 그것을 빚이라고까지 표현하는 건데?"

"그, 그럴 일이 좀 있어. 나중에 내가 기회되면 말해줄게."

자현은 자리에서 벌떡 일어나 유주에게 나지막하게 물었다.

"…비밀은 지킬 거지? 그렇지?"

"네가 비밀을 지킨다면. 태하가 변장을 하고 다닌다는 것을 누구에게도 발설하지 않겠다고 약속해."

"물론이지! 나도 태하의 친구야. 미쳤다고 소문을 내고 다니겠어?"

"좋아, 그럼 죽을 때까지 그 일은 묻어버리겠어."

"고마워."

태하는 이 모든 상황이 마치 폭풍이 자신을 한 번 싹 훑고 지나간 것 같았다.

'여자들의 세계는 알다가도 모르겠다니까.'

성자현은 주문한 요리를 가져다 달라며 인터폰에 얘기했고, 그와 동시에 방 안엔 절대로 들어오지 말라고 얘기했다.

VIP룸에는 음식을 따로 받을 수 있는 전용 레일이 있기 때문에 군이 웨이터가 얼굴을 보지 않아도 된다.

때문에 태하는 오늘만큼은 외부에서 마음 놓고 음식을 먹을 수 있을 것 같았다.

유주는 음식을 기다리면서 그녀에게 사정을 물었다.

"그나저나 오늘 나를 부른 이유가 뭐야? 네가 일방적으로 나를 이곳으로 부른 데엔 이유가 있을 것 같은데?"

"미안해. 사정이 좀 있었어."

"사정이라……."

"요즘 내 핸드폰이 도청당하고 있거든. 만약 내가 네게 특정 단어를 말하게 되면 위치 추적과 함께 대화가 녹음돼. 그래서 다짜고짜 약속 장소를 정하고 전화를 끊어버린 거야. 그때까진 도청이 안 되었을 테니까."

"도청이라……. 그 정도 도청이면 집안에서 너를 감시하는 수준은 아닌 것 같고. 누구야?"

"…나도 잘 몰라. 중요한 것은 아빠와 엄마도 나를 도와줄 수는 없다고 말했다는 거야."

순간, 태하가 고개를 삐딱하게 꺾었다.

"회장님께서 묵인하셨다고? 그 강직하진 분이?"

"…뭔가 좀 이상하지? 나도 그렇게 생각해. 이번 드라이버 인수 합병 사건만 해도 그래. 아버지는 친구와의 의리를 지키기 위해서 드라이버의 공식 후원자로 계셨던 거야. 그 지분들은 회사를 지키기 위한 것이었지, 돈을 벌기 위한 수단은 아니었다고. 드라이버의 지분에서 나온 돈은 거의 대부분 사회에 기부하고 남은 수익금은 다시 회사로 환원시켰어. 그런 중요한 지분을 회사 임원들과의 상의도 없이 그냥 팔아버린 거야."

"확실히 이상하군. 그것도 아주 많이 이상해. 내가 아는 정칠목 회장님은 언사와 행동이 아주 묵직하신 양반이야. 그런 정칠목 회장님께서 단박에 의리를 팔았다? 인정하기 힘든 일이군."

"…그러게 말이야."

정칠목 회장은 기업이 사회에 공헌해야 한다는 사상을 가훈으로 가지고 있던 대한민국에 몇 안 되는 대기업 자선사업가였다.

그는 그룹의 모든 업무를 전문경영인에게 맡겨두고 자신은 사회에 공헌하는 활동에 전념하고 있었다.

그나마 회사에서 자신들의 필요에 의해 그를 회장으로 추대하고 있을 뿐, 사실상 그는 상징적인 존재에 지나지 않았다.

또한 그는 사람 됨됨이가 바르고 강직한 성격을 가지고 있기 때문에 도리에 어긋나는 행동은 절대로 하지 않았다.

태하는 평소 그를 사업가로서나 인간으로서나 존경해 마지 않고 있었다.

한때는 그를 아버지에 이어 두 번째 롤모델로 삼고 싶을 정도이던 태하다.

그런 그의 행동이 납득하기 힘들었다.

"뭔가 사정이 있는 것이겠지."

"…알아. 사정이 있으니까 딸이 도청당한다고 해도 모른 척을 하시겠지. 더군다나 요즘은 밖에도 잘 나가시지 않아. 최근에는 해외에 자선사업을 벌여놓으시고도 그냥 방치하시는 것 같더라고."

"흠……."

그녀는 두 사람에게 이번 일에 대한 진상을 밝혀달라고 부탁했다.

"부탁이야. 우리 아버지가 왜 이러는지 좀 알아봐 줘. 공안이라면 충분히 가능하잖아? 그렇지?"

"그렇긴 하지만 죄도 없는 사람을 내사하는 것은 검찰로서 할 일이 아니지."

"…좀 도와줘. 응?"

유주는 간절한 그녀의 부탁을 차마 거절할 수가 없었다.

"거참, 요즘 나를 곤란하게 만드는 사람이 이렇게 많은 것인지 모르겠네."

"도와줄 거지? 그렇지?"

"…알겠어. 하지만 월권을 행사하는 것은 불가능해. 그 이후의 일은 네가 사설탐정을 고용하든 직접 발로 뛰던 알아서 해야 해."

"무, 물론이지!"

태하는 지갑에서 명함을 한 장 꺼내어 그녀에게 내밀었다.

"공식적으로 할 수 있는 것은 유주에게 맡기고 뒷골목에서 함께 알아보자."

"뒷골목?"

유주는 실소를 흘리며 말했다.

"아아, 맞다! 요즘 태하가 흑사회와 마피아와 친해. 뭐, 그들의 우두머리라고나 할까?"

"흐, 흑사회? 게다가 마피아?"

"생각처럼 험악한 사람들은 아니야. 그냥 약간 살벌한 사업가 정도?"

"어쩌다……."

"네가 생각하는 그런 것은 아니니 안심해. 하여간 나와 함께 다닐 거야, 말 거야?"

그녀는 세차게 고개를 끄덕였다.

"물론이지! 너희들이 나를 도와준다는데 그깟 마피아가 문제야? 마피아가 아니라 깡패라 해도 만나야지."

"그, 그래."

태하가 그녀를 돕겠다고 한 것은 비단 정칠목에 대한 존경심 때문만은 아니었다.

그녀의 핸드폰이 도청당한다는 것은 일전에 있던 개인정보 유출과 뭔가 관련이 있을 것 같다는 생각이 들었기 때문이다.

'뭔가 있다. 분명 뭔가 있어.'

오늘 점심을 먹고 난 후 세 사람은 함께 동대문에 가기로 했다.

*   *   *

감녕의 지인이 살고 있는 동대문구 뒷골목 술집 '서정'에는 하루에도 수십 명의 정보장사꾼이 오간다.

이곳은 그저 술을 파는 작은 선술집이지만 오가는 사람들의 신분은 상당히 특별했다.

국정원부터 SVR, CIA, MSS, 모사드, 드물게는 북한 정찰총국에서도 이곳을 찾았다.

그 밖에도 수많은 사람이 서정을 찾아오지만 지금까지 단 한 번도 싸움이 벌어진 적은 없었다.

서정이 정확하게 언제 생겼는지 아는 사람은 없지만 냉전시대 뒷골목의 한 주축이던 것은 확실했다.

요원들은 이곳에 모여 정보장사꾼들에게 정보를 사거나 반대로 필요한 정보를 원하는 사람들에게 팔기도 했다.

물론 이곳에서 화폐로 취급되는 것은 그에 상응하는 레벨의 정보였다.

가끔은 돈으로 정보를 사고팔기도 하지만 그것은 아주 레벨이 낮은 정보들에 한해서이다. 국가 차원의 정보는 돈을 주고 거래하기엔 너무 크기가 크기 때문이었다.

감녕은 이곳에서 조직을 운영하는 데 필요한 정보를 얻어 로비에 사용하거나 적을 감옥으로 보내 버리는 데 사용했다.

서정은 감녕 이외의 다른 국적의 암흑가 세력이 이용하기도 하지만 대부분은 이곳을 이용하지 않았다.

아무리 서정에서 싸움이 규칙 위반이라곤 하지만 그 밖에서 일어나는 일까지 서정에서 관여할 수는 없는 일이기 때문이다.

물론 한 번 린치를 가한 정보원은 다시는 서정에 발을 들일 수가 없었다. 하지만 정보국 자체가 사라지는 것은 아니니 정보는 계속 돌고 돌게 된다.

이렇듯 정보의 교류장으로 사용되는 서정이 지금까지 지속될 수 있던 것은 이곳을 이용하는 사람들이 암묵적으로 서정을 지키고 있기 때문이었다.

술집 주인은 아무런 힘도 없는 사람이지만 그가 가진 영향력은 상상을 초월할 정도였다.

그가 정보교류장의 반역자로 낙인을 찍게 되면 각국의 정보국은 스페셜리스트를 구축하여 목표하는 사람을 반드시 찾아 죽인다.

얼마나 영향력이 컸으면 냉전시대의 소련과 미국이 함께 스파이 합작조를 조직하여 요인을 암살한 사건도 있었다.

과거에나 현재에나 뒷골목 정보의 핵이라 불리는 이곳을 태하가 찾아갔다.

서정은 한국에서 가장 흔하게 먹을 수 있는 음식들로만 차려지는데, 메뉴는 일주일에 한 번씩 바뀐다.

오늘은 순대와 머리 고기 같은 장터 음식이 주를 이루고 있었다.

태하는 감녕과 함께 자리에 앉아 머리 고기 한 접시와 순대한 접시, 그리고 보드카를 섞은 막걸리를 주문했다.

주인장은 투박한 솜씨로 요리를 해서 태하의 앞에 놓아주었는데, 그 맛이 가히 일품이었다.

머리 고기를 한 젓가락 집어먹은 태하는 맛이 하도 기가 막혀 실소를 흘리고 말았다.

"허어, 이렇게 엄청난 맛이?"

"어디서 요리를 배웠는지는 몰라도 이곳 주방장들의 솜씨는 가히 천상에 가깝소. 나중에 기회가 된다면 중국요리를 꼭 한번 먹어보시길 바라오. 꿔바로우, 흔히 탕수육이라고 부르는 요리는 가히 일품이라 할 수 있소."

"으음, 그렇군."

이 정도 솜씨라면 머리 고기로 고급 레스토랑을 차려도 될 정도이다.

태하는 보드카를 섞은 알코올 도수 40도가 넘는 막걸리를 한 모금 마시곤 이내 탄성을 내질렀다.

"크하, 좋다!"

"후후, 좋아할 줄 알았소. 주인장이 직접 증류시킨 보드카는 러시아인들도 엄지를 척 들 정도라오."

"확실히 그럴 만한 맛이군."

두 사람이 머리 고기에 술을 한잔 걸치고 있을 때 그들의 테이블로 한 러시아 여성이 다가왔다.

"보드카 막걸리, 저도 참 좋아하는 술이죠."

"한잔하시렵니까?"

"주시면 감사히 받을게요."

그녀는 태하가 따른 술을 대접으로 받아 단숨에 그것을 다 털어 넣었다.

꿀꺽꿀꺽!

"으흐, 좋군요!"

"역시 러시아군요. 이렇게 독한 술을……."

"뭐, 이 정도는 기본 아닌가요?"

이윽고 그녀는 자신이 테이블에 앉은 이유에 대해 말했다.

"게시판에 보니 한국 인터넷 포털사이트 통폐합에 대한 정보를 원하는 것 같더군요. 그중에서도 드라이버 사와 그 후원자인 정칠목 회장에 대해서 말이죠."

"네, 그렇습니다."

이곳에선 모스부호로 된 메모를 게시판에 붙여 놓도록 되어 있는데, 그것을 가지고 정보장사꾼들이 클라이언트와 접촉하는 것이다.

아무래도 이 러시아 여성은 태하와 정보를 주고받을 것이 있어서 찾아온 모양이다.

그녀는 자신이 줄 수 있는 정보에 대해 설명했다.

"내가 줄 수 있는 것은 한정적이에요. 그가 어째서 정보를 팔았는지에 대해선 알 수 없지만 그 주변 환경에 대해선 알려 줄 수 있어요. 그리고 3사 통폐합은 모종의 세력이 노리는 연막 작전이라는 것이라는 사실 정도?"

"뭐, 그 정도면 적당한 선의 정보 같군요."

"그런가요?"

"저에게 원하는 것이 있습니까?"

"임태후 상장에 대한 겁니다."

"…임태후?"

"당신이 사용하는 그 라이터, 임태후 상장의 것이 아닙니까?"

태하는 고개를 끄덕였다.

"맞습니다. 임태후 상장의 것입니다. 선물로 받았지요."

"그에게 선물을 다 받았다니, 보통 인연은 아니겠군요."

"뭐… 어찌 보면 그렇다고 할 수도 있죠."

"그렇다면 한 가지만 묻겠습니다. 그것이면 됩니다. 당신이 임태후 상장을 만났을 때, 그의 상태가 어떠했나요?"

"상태요?"

"이를테면 어딘가 무척이나 아파 보인다던가 뭐 그런 것들 말이죠."

"흐음……."

"아무튼 내 조건은 그게 다입니다."

그는 조건을 수락하기로 했다.

"뭐, 좋습니다. 당신이 물은 그대로 대답하겠습니다."

"그러시죠."

"당시의 그는 상당히 건강해 보였습니다. 건장한 체구에서 뿜어져 나오는 카리스마도 그렇고 사람을 압도하는 포스도 상당했습니다. 말 한마디에 마치 무거운 쇠망치가 왔다 갔다 하는 것 같았습니다."

"그렇군요."

이윽고 그녀는 태하에게 USB를 하나 건넸다.

"받아요. 안에 원하시는 내용이 들어 있어요."

"고맙습니다."

"별말씀을요. 그럼 저는 이만."

이곳에서 사기는 통하지도 않을뿐더러 만약 사기인 것이 들통 나면 어떤 쪽으로든 사기를 친 사람은 목이 달아나게 되어 있다.

사기를 당한 사람이 그를 쫓아가 죽이던 서정에서 그를 죽이던 양단간의 결정이 나게 되는 것이다.

태하는 이 자료를 챙겨서 일말의 의심도 없이 술집을 나섰다.

*　　　　*　　　　*

동대문 뒷골목에서 함께 떡볶이를 먹고 있던 유주와 자현은 태하가 자료를 구해오자마자 미리 구해둔 허름한 여인숙으로 들어갔다.

혼숙이 금지된 숙박업소이지만 이곳 여인숙의 방을 두 개 잡아서 큰 무리가 없었다.

태하는 유주가 가지고 온 노트북에 USB를 연결했다.

─정보 로딩 중…….

유주의 노트북에는 공안부 보안프로그램이 설치되어 있는데, 이 노트북은 유주가 아니면 절대로 열어볼 수가 없었다.

그녀는 자신의 지문을 인식시켜 노트북이 정보를 인식하도록 했다.

띠릭!

─반갑습니다. 박유주 검사님.

노트북은 그녀가 연결시킨 USB에서 나온 정보들을 크기별로 정렬해 보기 좋게 만들었다.

그리곤 그것을 크게 확대하여 노트북에 내장되어 있는 소형 프로젝터로 송출시켰다.

유주는 노트북 프로젝터 화면을 여인숙 벽에 걸어 상영시켰다.

잠시 후, 벽에 상영되고 있는 내용이 일행의 눈에 들어오기 시작했다.

SD카드 도난 정보

정칠묵 : 전화번호부, 사진첩, 금융 프로그램······.

태하는 이번 통신대란에서 정칠묵이 무언가 중요한 정보를 해킹당했다고 생각했다.

"회장님께 맹점이 될 만한 정보가 핸드폰에 들어 있었을까? 이를테면 계좌 정보라든가 회사 기밀이라든가."

"글쎄, 아버지는 평소 보안에 엄청 신경 써. 다른 오너들도 그렇겠지만 핸드폰에 그렇게 중요한 정보를 넣어놓고 다니지는 않지."

"흠······."

이번 통신사의 해킹사건이 가장 뼈아프게 다가온 것은 손 안에 들어 있던 개인정보가 타인에 의해 강탈당했다는 것이다.

지금까지 스마트폰 사용자들은 개인정보 유출이나 해킹에 대한 걱정은 비교적 덜하면서 살아왔다.

핸드폰 방화벽 시스템이 기존에 비해 훨씬 더 철저하고 해킹 시도를 윤허할 만한 구멍이 더 적기 때문이다.

하지만 이번 사건으로 인하여 그 판도는 확실히 뒤집혀 버렸다.

그러나 정칠묵처럼 한 그룹의 오너는 스마트폰이 처음 나올 때부터 지금까지 단 한 번도 기업에 맹점이 될 만한 정보를 핸드폰에 보관하는 일이 없었다.

그가 가진 정보들은 개인이 핸드폰에 담아 보관할 정도로 작은 것이 아니었기 때문이다.

태하는 그에게 뭔가 개인적으로 중요한 것이 핸드폰에 담겨 있었을 것이라고 예상했다.

"그녀가 말하길 이것이 주식 매도와 뭔가 관련이 있다고 했어."

"도대체 그게 뭘까."

"그러게 말이야."

답이 없는 이번 사안은 건너뛰고 세 사람은 다음 안건에 대해서 확인해 보았다.

드라이버 사 외 1개 사의 인수 합병 이후 주식 시장의 변동 추이 : 케이블 계열 회사들의 주식 매각. 해당 주식을 특정 그룹에서 매입했음.

기타 특이 사항:케이블 계열 회사 주식 매입자—최태식.

태하는 이 최태식이라는 사람에 대해서 조금 더 알아볼 필요가 있다고 생각했다.

"그러니까 3사 통합이 단순히 한 가지 목적만 가지고 벌어진 일이 아니라는 소리군."

"케이블 사의 주식을 누군가 서서히 매입한다면 순식간에 오너가 바뀌는 일이 벌어질 수도 있겠네."

"그래, 누군가 주식을 매입하고자 마음먹고 이 사건을 터뜨렸다면 대부분 주식을 조용히 매집하는 것을 눈치챌 수가 없겠지."

"그렇다면 이건……."

"작전이야. 누군가 주식 시장에 연막을 쳐놓고 뒤에서 공작을 펼치려는 것이지."

"허어……."

"어쩌면 이번 사건도 그와 관련이 되어 있을 수도 있겠어."

"…문제는 도대체 회장님이 무엇 때문에 주식도 팔고 감시망도 모른 척하냐는 것이지."

자현은 자신이 의문점을 해결하기로 마음먹었다.

"내가 한번 알아볼게. 아버지께 무슨 일이 있는지 알아야 내가 대처할 테니까."

"그래, 그렇게 하자."

"그럼 유주, 네가 최태식에 대해 알아볼 수 있겠어?"

"기본적인 정보를 줄 테니까 태하, 네가 정확한 사안에 대해 알아보는 것이 좋지 않겠어?"

"좋아, 그렇게 할게."

그녀의 정보가 별것 아니라고 생각한 일행이었지만 그 하나로 인해 사건이 급물살을 타는 느낌이다.

세 사람은 이제 여인숙을 나서서 각자의 행선지를 향해 떠났다.

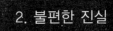
2. 불편한 진실

　늦은 밤, 유주가 홀로 공안부 검사실에 남아 신상 정보를 조회 중이다.

　그녀는 최근까지 주식 시장에서 케이블 계열 회사들의 주식을 매입한 최태식이라는 사람의 뒤를 추격하여 신상 정보를 알아냈다.

　주식을 매입하게 되면 반드시 그 흔적이 남는 법, 그는 스스로 꼬리를 길게 빼고 숲을 돌아다닌 셈이다.

　하지만 최태식이라는 사람의 신상 정보는 또 다른 연막의 일환일 뿐이었다.

"정신병원에 입원한 사람이 주식을 매입했다. 말도 안 되는 소리군."

최태식은 폭행치사 및 불법약물소지죄 등으로 법원에서 5년 형을 받았다가 정신분열증으로 치료감호소에 입원한 상태였다.

의사의 소견은 그가 해리성 정체감 장애를 심하게 앓고 있는 데다 약물 오남용으로 인해 마약중독 치료까지 받아야 한다고 적어놓았다.

그렇다면 이 사람은 누군가에게 명의를 팔았거나 대여해 주었다는 소리다.

"우선 이 사람의 주변부터 살펴봐야겠어."

그녀는 최태식이 입원하고 있는 병원의 주소와 그 주변 인물들에 대한 정보를 적어 보관했다.

다음 날, 태하와 함께 최태식이 입원하고 있다는 대전치료감 호소를 찾은 유주는 독방에 갇혀 집중 치료를 받고 있는 최태 식을 만날 수 있었다.

"…이 언니는 누구야?"

"언니?"

최태식은 곱게 레이스가 달린 원피스에 곰 인형을 들고 있었 는데, 눈빛과 몸짓이 딱 다섯 살배기 어린아이를 보는 것 같았 다.

간호사는 그가 지금 어린아이의 인격을 품고 있다고 설명했다.

"이름은 혜리, 나이는 다섯 살이랍니다. 사람을 좋아하고 사교적이지만 처음 보는 사람에게는 경계심을 보여요."

"…사교적인데 사람에게 경계심을 보여요?"

"뭐, 어디까지나 가상의 인격이니까요. 아무튼 접견이 불가능한 것은 아닙니다. 갑자기 공격적으로 변할 수도 있으니 직원들의 통제하에 접견을 가져주십시오."

"그렇게 하겠습니다."

최태식이 폭행치사로 입건한 것은 그의 인생에 있어서 첫 번째 사고는 아니었다.

지금까지 수많은 폭행사건과 강간미수사건, 절도와 방화미수까지 그는 총 25범의 흉악범이었다.

하지만 지금까지 재판을 받을 때마다 새로운 인격으로서 사건에 임하는 바람에 재판부의 혼란을 가중시켰다.

하루가 멀다 하고 오락가락하는 그의 정신 상태를 가지고 법을 집행한다는 것 자체가 어불성설이었던 것이다.

하지만 형사들은 그가 미제 살인사건의 용의자일 수도 있다고 지목하기까지 했다.

그의 폭력성은 인격이 바뀔 때마다 가히 소름이 끼칠 정도로 두드러지기 때문에 절대로 불가능한 얘기는 아니었다. 그러나 물증은 물론이고 정황상 증거도 없는데 죄가 성립할 리가 없었다.

결국 그는 폭행치사 혐의 등만 지고 지금까지 감옥과 치료감호소를 전전하는 신세였다.

태하는 소녀의 감성을 가진 그에게 아주 친절하게 물었다.

"혜리? 혜리라고 했니?"

"네, 아저씨!"

"그래, 혜리는 언제부터 이곳에 있었지?"

"글쎄요? 한 3년쯤?"

"3년이라…… 생각보다 꽤나 긴 시간을 이곳에 있었구나?"

"…답답해요. 하지만 이곳에도 사람은 많으니까 괜찮아요. 혜리는 사람을 좋아하거든요."

"그렇구나."

대화를 나누어보니 정말 얘기가 아예 안 통할 정도는 아니었다.

태하는 그에게 주식을 매입한 계좌에 대한 얘기를 꺼내놓았다.

"혜리야, 혹시 주식이라는 것을 알고 있니?"

"주식?"

"일정 회사의 지분을 주식이라고 해. 그것을 사고파는 것을 그냥 흔하게 '주식'이라고 통칭하지."

"으음, 글쎄요? 저는 주식이라는 것을 처음 들어보는걸요?"

"그래?"

다중인격은 서로의 인격이 한 일을 기억하지 못하는 것이 대부분이며 서로의 머리가 가지고 있는 지식을 공유하지 않기도 한다.

하지만 그렇지 않을 확률도 있으니 그가 지금 무엇을 숨기고 있다고 해도 알 수는 없을 터였다.

태하의 질문을 받은 그가 가만히 두 사람을 번갈아보더니 이내 돌변하여 목소리를 바꾸었다.

"…이런 개좆같은 연놈들! 감히 나를 두고 바람을 피워?"

"혜, 혜리?"

"혜리 같은 소리 하고 있네! 혜리는 이미 죽었어! 네년! 이 서방을 놓고 바람을 피우니 좋던? 응?"

두 사람은 고개를 돌려 간호사를 바라보았다.

"…또 시작이군요. 저 사람은 맥스라는 미국인인데, 아프가니스탄 파병을 다녀와 보니 아내가 바람을 피웠다는 사정이 있습니다. 아내라고 주장하는 사람은 처음 인격이 바뀌었을 때 앞에 있는 사람이지요."

"복잡한 인격이군요."

태하는 손과 발이 꽁꽁 묶인 그에게 물었다.

"좋아요, 맥스. 당신은 최태식이라는 이름을 누군가에게 빌려준 사실이 있나요?"

"…최태식? 그건 또 뭐 하는 놈이야? 네놈, 내 마누라를 그놈에게 팔아먹은 거냐!"

도저히 말이 안 통할 것 같지만 이들에게도 분명 기억이라는 것이 존재할 것이다.

그는 맥스의 인격체에게 통장 사본을 보여주었다.

"이런 통장 말입니다. 몰라요?"

"……"

가만히 통장을 바라보던 맥스의 인격이 말했다.

"…네놈, 언제까지 내 마누라와 놀아날 작정이냐? 어이, 네년! 집으로 돌아오기만 한다면 다시는 손찌검하지 않으마! 정말이다!"

"모르시는 겁니까?"

"뻔뻔한 놈! 남의 마누라를 빼앗아가서 고작 한다는 소리가 그것이냐!"

태하는 더 이상 그와 대화가 통하지 않을 것이라고 생각했다.

"아무튼 말씀 잘 들었습니다."

"때려 죽여도 시원찮을 것들!"

바닥에 침을 걸쭉하게 내뱉으며 돌아서는 최태식, 간호사는 황당한 일을 겪은 태하와 유주에게 연락처를 하나 건넸다.

"원래는 이러면 안 되는 것이지만 명의를 도용당한 것이면 어쩌나 싶어서 드리는 겁니다."

"누구입니까?"

"가끔 찾아오시는 최태식 씨의 아버지예요."

"부친?"

"네, 부친이요. 가끔씩 무언가 먹을 것을 사 들고 오시는데 최태식 씨는 그때마다 경기를 일으키곤 하죠."

"그렇군요."

"성격이 좀 괴팍하신 것 같긴 한데 사람이 나빠 보이지는 않아요. 그러니 말도 안 통하는 아들의 면회를 다 하시죠."

태하와 유주는 최태식의 부친이라는 사람이 몹시 만나보고 싶어졌다.

"아무튼 고맙습니다."

"별말씀을요."

두 사람은 서울 북창동으로 향했다.

*   *   *

서울 북창동의 뒷골목, 한 사내가 술에 취해 비틀거리며 걸어가고 있다.

"딸꾹딸꾹!"

멀리서 그 모습을 지켜보고 있던 태하와 유주가 사내의 뒤통수에 대고 말했다.

"…저 사람이 그 사람 맞아?"

"주정뱅이도 주식을 할 수는 있으니까."

"아무리 그래도 저런 행색으로 돌아다니는데 수백억대의 돈을 굴린다고?"

"일단 한번 가보자."

최영수는 일정한 직업이 없는 상태로 북창동 일대에서 품을 팔면서 이리저리 떠도는 것으로 확인되었다.

도대체 그는 왜 이런 행색으로 돌아다니고 있는 것일까?

태하는 최태식의 호적에 친부로 등록되어 있는 최영수에게 다가갔다.

"말씀 좀 묻겠습니다."

"딸꾹."

"이 근방에 사시죠?"

"사는 것은 아니고, 그냥 이리저리 바람처럼 떠도는 거지, 뭐."

"그렇군요. 그렇다면 이 근방에서 이런 사람을 보신 적이 있습니까?"

그는 태하가 건넨 사진을 바라보곤 이내 인상을 찌푸렸다.

"또 시작인가? 이 개자식이 사고를 쳤나보군. 당신들, 형사야?"

"형사는 아닙니다만 이 사람의 친부를 찾고 있지요."

"친부라……. 그럼 번지수를 잘못 짚었군."

"번지수요?"

"언젠가 내 마누라라는 년이 3억이라는 돈을 받고 아들을 싸질러 놓았다더군. 그놈을 내 호적에 올리면 반을 준다고 하기에 그러자고 했어. 그래서 그 개자식이 내 호적에 올라간 것뿐이야. 사실 나는 그놈의 얼굴도 잘 몰라."

"그런 일이 있었군요."

"아무튼 나는 더 이상 그놈에 대해 할 말이 없으니 경찰서로 잡아가 족치려면 족치고, 말 것이라면 그냥 꺼졌으면 좋겠군."

태하는 그에게 5만 원짜리 지폐 열 장을 건네며 물었다.

"한 가지만 더 묻겠습니다. 최태식 씨의 모친은 어디에 있습니까?"

그는 태하의 손에서 돈을 빼앗듯이 거머쥐었다. 그리곤 읊조리듯이 말했다.

"…죽었어. 5년 전에."

"그렇군요. 고인의 명복을 빕니다."

"썩어 문드러질 년, 명복은 무슨. 아마 그년은 죽어서도 무간지옥에 갔을 거다. 남편 몰래 애를 싸질러 놓은 것도 모자라서 그놈 옥바라지에, 합의금에 내 돈까지 다 끌어다 쓰더니 결국엔 지 아들놈에게 보험금까지 다 주고 죽어버렸지."

"…상심이 크다는 말로는 부족하겠군요."

"흥! 상심? 상심 같은 소리 하고 있네! 상심도 어지간해야 생기는 것 아닌가? 내가 그년만 아니었어도 이렇게 떠돌이 인생으로 전락하지는 않았을 거다. 멀쩡한 사람의 인생 하나 조져놓고도 미안하다는 말 한 마디 안 하고 죽은 년이야. 할 수만 있다면 죽은 년의 목을 썰어서 강물에 확 던져 버리고 싶어."

"……."

그는 태하에게 손을 내밀었다.

"10만 원 더 주면 그년의 고향이 어딘지 알려주지. 최태식인지 뭔지 하는 놈에 대해 알아보려면 그곳에서 알아봐. 아마 그년의 지인 중에 친부가 있는 것 같아."

"그렇군요."

태하가 그에게 10만 원을 더 주자 사내는 태하에게 주소를 하나 알려주었다.

"청평, 청평으로 가봐. 그리고 이 주소로 찾아가면 그년의 생가를 찾을 수 있어."

"감사합니다."

참으로 불편한 진실과 마주한 태하와 유주이다.

*   *   *

경기도 청평의 한 국밥집, 사람들이 꽤 북적거리고 있다.

태하는 주변에 걸려 있는 '얼음꽃 축제'라는 현수막 덕분에 이곳까지 특수를 누리고 있음을 알 수 있었다.

하지만 굳이 축제의 특수가 아니더라도 이곳은 제법 많은 단골이 들어오는 것 같았다.

동네 주민으로 보이는 그들은 국밥집에 들어서면서부터 주인장에게 아주 정답게 인사를 건넸다.

"어이, 선희 엄마! 여기 선지 국밥 한 그릇!"

"네, 가요!"

"돼지 수육 좀 줘! 선희 엄마, 아직 멀었어?"

"네, 갑니다!"

온화한 인상에 작은 체구, 그녀는 눈코 뜰 새 없이 바쁜 와중에도 얼굴에 연신 미소를 띠고 있었다.

태하와 유주는 국밥집 구석에 앉아 그녀가 일하는 모습을 가만히 지켜보았다.

"성실한 사람이군."

"저렇게 성실하면 뭐 해? 남편이 개차반이라서 재산을 다 탕진했다는데."

"…그러게 말이야."

동네에서 선희네 엄마로 통하는 유혜화는 남편이 도박에 미쳐서 집안에 있는 돈이란 돈은 다 말아먹고 벌써 10년째 잠적해 돌아오지 않는 비운의 여인이었다.

그나마 남은 돈은 큰딸인 선희가 연예인을 한다면서 야금야금 다 까먹어 버렸고, 그나마 남은 이 가게도 언제 저당에 넘어갈지 모르는 상황이었다.

그럼에도 불구하고 그녀는 어디서 나오는지도 모를 긍정의 힘으로 하루를 버티며 살아가고 있었다.

태하는 손을 들어 그녀를 불렀다.

"사장님, 여기 감자탕 한 냄비 하고 수육 한 접시 주십시오. 그리고 오실 때 막걸리 한 통에 소주도 한 병 주시고요."

"네, 알겠습니다!"

유주는 태하의 옆구리를 쿡쿡 찔렀다.

"…그 많은 것을 어떻게 다 먹어? 요즘 살쪄서 고민이란 말이야."

"어허, 너도 살찌는 것을 고민해?"

"…잊고 있나 본데, 나도 여자야. 살찌면 스트레스를 받는다고."

태하는 너무나도 의외의 모습을 보이는 유주의 반응에 그만 실소를 흘리고 말았다.

"풉, 그렇구나."

"비웃었냐?"

"아, 아니야. 그냥 너답지 않아서 말이야."

그는 유주에게 좋은 말로 유혹했다.

"어차피 얘기를 들으려면 시간이 좀 걸릴 텐데 그냥 맛있게 먹자. 맛있게 먹으면 0칼로리라는 말도 몰라?"

"……."

"뭐, 안 먹는다면 어쩔 수 없지만."

유주는 태하의 얼굴을 손톱으로 살며시 긁어버렸다.

촤악!

"으윽!"

"나쁜 놈 같으니. 오늘은 어쩔 수 없으니까 그냥 넘어가는 거다. 다음부터 그렇게 빈정대면 죽을 줄 알아."

"아, 예! 여부가 있겠습니까요."

두 사람이 티격태격하는 동안 푸짐하게 차려진 감자탕과 수육이 나왔다.

"오래 기다리셨죠?"

"아닙니다."

"술은 곧 가져다 드릴게요."

태하는 돌아서는 그녀를 붙잡았다.

"저, 사장님, 영업이 언제 끝나지요?"

"영업이요? 아직 시간 많이 남았어요. 편하게 드시다 가면 됩니다."

"아니요, 드릴 말씀이 좀 있어서요. 언니, 유정화 씨에 대해 좀 묻고 싶습니다만."

순간, 그녀는 밝았던 표정을 와락 일그러뜨렸다.

"…경찰이세요?"

"아닙니다. 경찰은 아니고 그냥 얘기를 좀 듣고 싶어서 온 겁니다."

"제발 좀 그만해요. 도대체 몇 년째 이러는 건데요? 언니 죽은 것으로도 모자라 이젠 그 혼외자식까지 내가 떠안으라고요?"

유주는 그녀에게 진정하라고 손짓했다.

"진정하세요. 당신이 생각하는 그런 이유로 온 것 아닙니다. 우리는 그저 진실이 알고 싶어요. 요즘 누군가 언니의 혼외자식을 가지고 작당 모의를 하는 것 같아서요."

그녀는 유혜화에게 자신의 신분증을 보여주며 말했다.

"만약 제가 이곳을 다녀간 후 누군가 찾아온다면 말씀하십시오. 제가 책임지고 문책하겠습니다."

"……"

가만히 유주를 바라보던 그녀는 간판 불을 꺼버렸다.

"지금 있는 손님들만 나가면 손님 그만 받고 얘기할게요. 그때까진 기다려주실 수 있죠?"

"물론입니다."

"천천히 들고 계세요. 저는 이 손님들만 좀 대접할게요."

"고맙습니다."

진정이 된 것인지 억지로 화를 삼킨 것인지 그녀는 덤덤해진 얼굴로 일거리를 찾아다니기 시작했다.

                    *   *   *

유혜화의 언니 유정화는 이곳 청평에서 나고 자랐으며 죽기 직전에도 이곳에서 잠깐 머물렀다고 한다.

그녀는 이곳에서 남편을 만나 함께 서울로 갔고, 힘든 시기를 함께 버티며 행복한 가정을 꾸렸다고 동생은 말했다.

유혜화는 냉장고에 있는 자투리 음식들을 전부 다 꺼내놓고 본격적으로 술판을 벌였다.

꿀꺽꿀꺽!

"크흐, 쓰다!"

"…잘 드시는군요."

"이 모진 세월, 술이 없었다면 저는 진즉 죽었을 겁니다."

태하는 그녀에게 들을 수 있는 이야기는 전부 다 듣기로 했다.

"언니의 남편은 어떤 사람이었습니까? 손찌검을 하거나 도박에 미쳤거나 바람을 피웠습니까?"

"아니요, 형부는 엄청나게 성실한 사람이었어요. 10년을 꼬

박 공장에서 일해서 번 돈으로 자기 가게까지 차렸죠. 언니를 데리고 갈 때엔 어렵긴 했어도 그럭저럭 밥은 굶지 않고 살 정도였어요."

그녀는 이 모든 것이 혼외자식의 등장 때문이라고 탄식했다.

"…그 태식인지 뭔지 하는 아이를 낳은 후부터 그 집안은 풍비박산이 나버렸어요. 그때 형부의 사업이 위기를 맞는 바람에 급전이 필요했어요. 그 당시 언니는 간호학교에 입학한다고 거짓말을 치고 아이를 낳으러 갔어요. 형부는 아무것도 모르고 혼자서 전전긍긍하다가 혼외자식에 대한 얘기를 들은 것이지요. 그런데 때마침 언니가 이혼을 해도 좋으니까 아이만 호적에 올려달라고 했어요. 그럼 1억 5천을 주겠다고요. 형부는 일단 급한 불부터 끄자는 생각에 호적에 아이를 올렸대요."

"그 아이의 친부는 누굽니까? 당신도 아는 사람입니까?"

"잘 알죠. 이 동네 유지였다가 서울로 상경해서 기업까지 일군 사람의 아들인데요."

"지역 유지라……."

"아마 이 동네 사람들을 잡고 박춘태라는 사람을 아냐고 물어보면 백이면 백 전부 다 고개를 끄덕일걸요. 그리고 그 박춘태라는 사람의 욕을 아주 엄청 할 겁니다. 워낙 사람들을 괴롭히고 돈을 더럽게 썼거든요."

태하는 박춘태라는 사람의 이름을 얼핏 들어본 것 같았다.

"박춘태라……. 혹시 박평식 의원의 아들인 박춘태 회장을 말씀하시는 겁니까?"

"잘 아시는군요. 맞아요. 그 사람이 박춘태예요. 태식이의 친부가 바로 그 사람이죠."

"흠……."

박평식은 국회의원 김진태에 의해 정치계에 입문한 기업가 출신 국회의원인데, 지금은 아들 박춘태가 그 뒤를 이어 회장직에 올랐다.

현재 박 씨 일가가 운영 중인 평화그룹은 시멘트 사업으로 일어나 굴지의 건설사로 거듭난 곳이다.

현재 평화그룹은 중동과 러시아로 진출하여 외화벌이에 혁혁한 공을 세우고 있다는 평을 받고 있다.

그런 평화그룹의 총수 박춘태가 혼외자식을 이용하여 주식을 매집하고 있었던 것이다.

태하는 박춘태 부자에 대해 조금 더 자세히 물었다.

"언니가 최태식 씨를 낳고 난 후엔 어떻게 되었습니까? 친부와 교류를 하면서 살았나요?"

"아니요, 아예 언니가 태식이를 데리고 그 집안에 들어가서 살았어요. 호적이다 뭐다 전부 다 가짜로 파놓고 말이죠. 박씨 집안에 최 씨의 성을 가진 아이가 들어가 왕자 대접을 받으면서 산 거죠."

"왕자 대접이라……."

"지금까지 태식이가 벌이고 다닌 짓들, 누가 다 덮어주었겠어요? 그 집안이 돈이 많으니까 아직도 제대로 된 옥살이 한 번 안 한 것이죠."

"계부의 말에 따르면 자신도 옥바라지에 돈을 썼다고 하던데요?"

"그런 줄 알고 있겠죠. 하지만 박춘태는 일부러 그를 파괴시킨 거예요. 아내의 절절한 부탁을 못 이길 것을 잘 아니까 아들을 이용해서 사업도 망하게 만들었고 돈도 다 토해내도록 만든 것이죠. 형부는 그 이후엔 폐인처럼 살게 되었으니 아마 이 일에 대해선 입을 열지 않을 거예요. 그는 그런 사실을 잘 알고 형부를 사회에서 매장시켜 버린 거죠."

"…그런 일이 다 있었다니. 최용식 씨는 아무런 잘못이 없지 않습니까?"

"없죠. 있다면 여자를 잘못 만난 것?"

"허어……."

"아무튼 태식이가 전과 25범에 흉악범임에도 불구하고 옥살이를 하지 않은 것은 다 이유가 있어요. 놈은 마약에 찌들어 살았는데, 사람을 때려죽이는 일까지 벌였죠. 그런데도 태식이는 정신병이라는 이유로 죄를 감면 받았어요. 사람을 죽였는데 말이죠. 하지만 그 정신병, 사실은 가짜예요. 태식이는 애초에 이중인격 같은 것은 없어요. 머리가 워낙 좋고 연기를 잘해서 저렇게 법망을 요리조리 빠져나가는 것뿐이지."

"다중인격이 거짓이라고요?"

"그래요, 거짓말이에요. 가만히 잘 살다가 죄를 지어서 형을 받을 때가 되어서 갑자기 다중인격이 되었다? 그럼 형을 마치고 나와 사회에서 살 때엔 왜 정상인처럼 차를 몰고 여자들까지 후리고 다니는 건데요?"

태하는 그녀가 하는 얘기가 충분히 신빙성이 있다고 생각했다.

"하긴, 정신과 의사와 짜고 치는 것이라면 아무 문제 될 것이 없지. 정신 감정도 사람이 하는 것이니까."

"…개자식들이군."

"저나 형부에게 형사들이 계속 찾아오는 것도 다 그 이유 때문이에요. 정신 감정 결과 때문에 사람을 죽여 놓고 형을 제대로 안 받으니 말이죠. 그리고 제가 알기론 형사들이 직감하는 것처럼 태식이가 사람을 한두 명 죽인 것이 아닐 거예요. 태식이의 마약 중독은 심각한 지경이라서 환각 때문에 사람을 죽여도 전혀 이상할 것이 없었죠. 그럼에도 불구하고 지금까지 아무런 문제가 없었던 것은 수습이나 후 처치가 워낙 빨랐기 때문이에요. 제가 알기론 비서실에 사건을 수습해 주는 건달들이 따로 연결되어 있다는 것 같았어요."

"건달이라……. 그런 사실은 어떻게 알고 계신 겁니까?"

"언젠가 언니가 나에게 선물을 사준다고 운전을 하다가 사람을 친 적이 있었거든요. 그때 그 사람들이 직접 나서서 경찰서까지 가지도 않고 일을 처리했어요."

"그 사람들의 이름이나 특징에 대해 기억나는 것이 있습니까? 이를테면 별명이라든가 조직 이름이라든가요."

"전라도 말을 쓰는데, 어렴풋이 독사 어쩌고 하는 것 같더군요."

독사라는 말에 유주와 태하는 서로를 동시에 쳐다보았다.

"…독사!"

"이 자식들, 국사모와 연결된 모양이군."

"흠……."

그녀는 고개를 갸웃거리며 물었다.

"국사모요?"

"아닙니다. 아무튼 최태식 씨가 미치지 않았다는 것은 확실한 것이지요?"

"물론이죠. 제가 무엇 때문에 검사님께 거짓말을 하겠어요?"

"그래요. 믿습니다."

유주는 그녀에게 명함을 한 장 건넸다.

"혹시라도 무슨 일이 생기면 곧장 연락 주세요. 도와드릴 일이 있다면 열일 제쳐두고 도움을 드리겠습니다."

"고마워요. 안 그래도 요즘 형사들이다 뭐다 자꾸 찾아와서 난감했는데, 검사님이 이참에 정리 좀 해주세요."

"잘 알겠습니다."

태하는 도대체 국사모의 끄나풀이 어디까지 뻗쳐 있는지 가늠조차 할 수 없었다.

'이 모든 일의 배후에는 국사모가 있었군. 이 자식들, 도대체 몇 사람의 인생을 망쳐놓으려 하는 것이지?'

그는 더 이상 지체할 것도 없이 목포로 향했다.

*　　　　*　　　　*

광주 독사파의 본거지인 아라비안나이트를 찾은 태하는 붕대를 칭칭 감은 채 사장실에 누워 있는 편승환을 찾았다.

"어이, 독사."

"회장님, 오셨습니까?"

"그냥 누워 있어."

"예, 감사합니다!"

그는 태하가 흑사회와 마피아의 거두라는 사실을 알고선 아주 깍듯하면서도 예의 바른 모습을 보여주고 있었다.

물론 태하가 이렇게 대단한 사람이 아니었다고 해도 워낙 지독하게 당했기 때문에 알아서 머리를 숙였을 것이다.

태하는 편승환에게 박씨 부자에 대해 물었다.

"평화그룹 오너 일가 알지?"

"…평화그룹이요?"

"그래, 평화시멘트의 평화그룹 말이야. 그 회장의 뒤를 봐준다고 하던데, 사실인가?"

"한때 그런 적이 분명히 있었지요."

"그때 너희들이 사람의 시체도 치워주고 사건도 수습해 주고 했다던데, 어떻게 된 것이냐?"

편승환은 괜히 태하의 눈을 피하기 위해 너스레를 떨었다.

"하하, 오늘 날씨가 참……."

"뒈지고 싶냐? 바른대로 말하지 못해? 네 조직원 전부 태평양 한복판에 고기밥으로 줘 버릴까?"

그는 이제 아예 울음을 터뜨릴 것처럼 죽을상을 했다.

"아이고, 회장님! 도대체 저희들에게 왜 이러십니까? 저번에 해킹을 주도했다는 것도 전부 다 말씀드리지 않았습니까? 그런데 또 왜……."

태하는 연신 투덜거리는 그의 다리를 쓰다듬으며 말했다.

"이 새끼, 다리가 아직 멀쩡하니까 이 세상이 다 네 것 같아? 다리가 없어져 봐야 땅의 소중함을 알겠지? 그렇지?"

"아, 아니, 그런 것이 아니고……."

그는 주변에 있는 수석을 들고 와서 편승환의 깁스를 마구 두들겨 패기 시작했다.

까앙, 까앙, 빠직!

"끄, 끄아아아악!"

"자꾸 인내심을 시험하는데, 그러다가 정말 다 죽는 수가 있어. 알겠어?"

"죄, 죄송합니다! 다시는 이딴 말도 안 되는 소리 안 하겠습니다! 정말입니다!"

"당연히 그래야지. 다시 한 번 개소리 지껄였다간 아주 온몸을 다 부러뜨려 버린다?"

"아, 알겠습니다!"

태하는 다시 그에게 박씨 일가와 함께 일한 내역에 대해 물었다.

"자, 다시 시작하자. 사람 죽인 것을 수습해 주었나?"

"…예, 그렇습니다. 사람 몇 명 죽인 것을 저희들이 수습해 주기도 했습니다."

"몇 명? 그럼 한두 사람이 아니라는 소리네?"

"아닙니다. 아무리 못해도 열 명은 넘을 텐데요?"

"이 자식들. 그럼 그 사람들은 다 어떻게 처리했어?"

"여러 가지 경로가 있지요. 고철에 함께 섞어서 용광로에 넣어 버리던지 일반 쓰레기 소각장에 함께 보낸다던지… 방법은 많습니다."

"흐음……."

그에게 얘기를 들어보면 들어볼수록 가관이라는 생각이 드는 태하다.

태하는 편승환에게 한 가지 명령을 내렸다.

"그때 시체를 함께 손보았던 조직원들 전부 다 모아라."

"예, 예?"

"왜? 사람을 묻어놓고도 무사할 줄 알았나?"

"아, 아무리 그렇다곤 해도……!"

"죄는 죄다. 사람이 죄를 지었으면 벌을 받아야지."

"저희들은 그냥 시키는 일을 했을 뿐입니다! 그렇지 않으면 우리 조직이 다 죽게 생겼는데 그럼 어쩝니까!"

그는 반대쪽 깁스도 부수어 버렸다.

빠악!

"…뭐 하는 짓이냐?"

"아무리 회장님이라도 그 명령만은 못 내리십니다! 차라리 저를 죽이십시오!"

태하는 그가 진심으로 부하들을 아끼는 사람이라는 것을 느낄 수 있었다.

하지만 그뿐이었다.

"이 새끼가?"

"…죄, 죄송합니다. 저, 저는 그저……."

"살고 싶지 않다니 원하는 대로 해줘야지."

살기를 모두 개방시킨 그는 편승환을 데리고 나이트클럽 옥상으로 올라갔다.

3. 광기 어린 부자

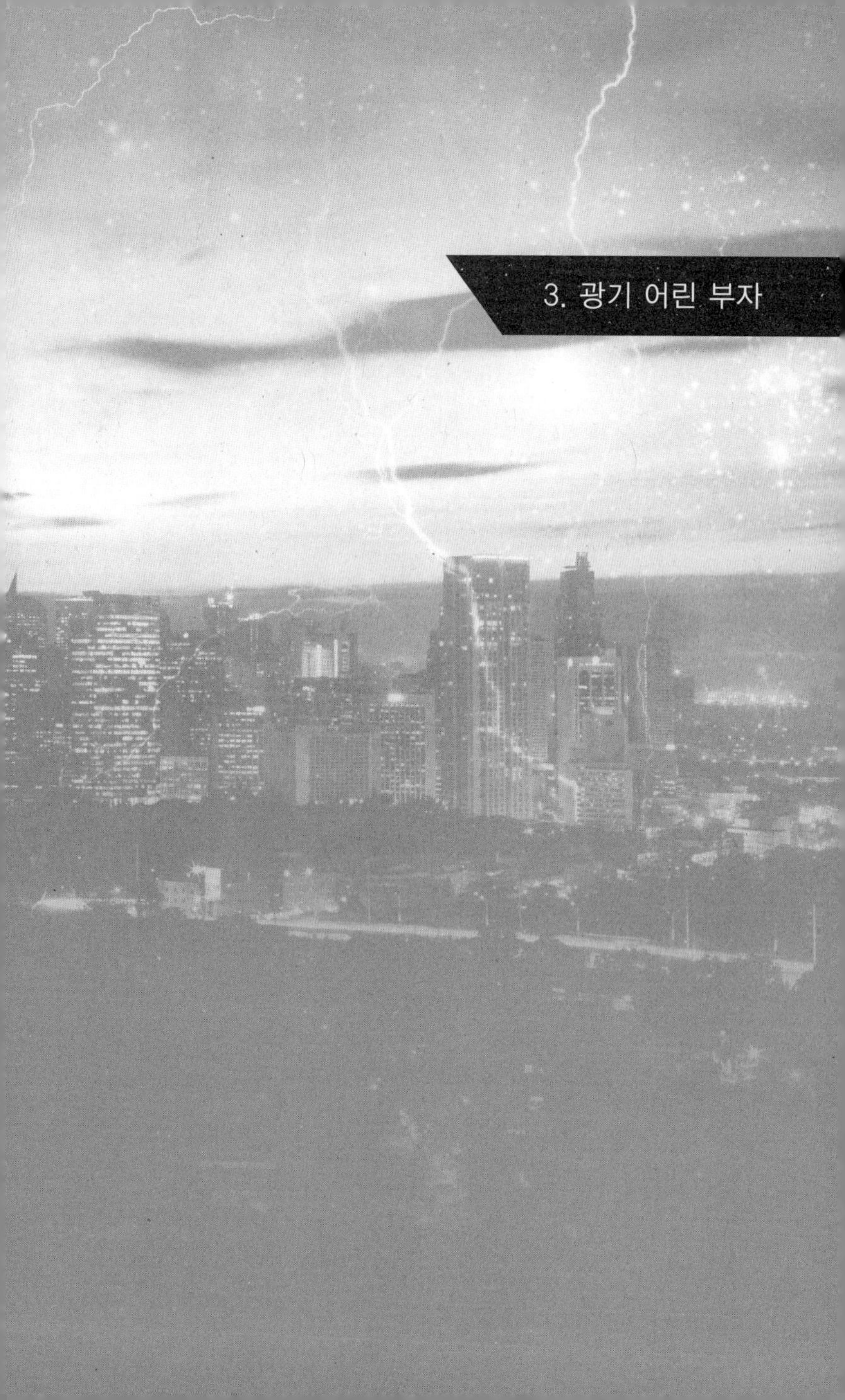

　일본 나가사키의 한 연립주택, 이곳은 주로 독거노인이나 고학생 자취생들이 기거한다.

　상당히 오래된 건물 옆으로 기차까지 지나가는 바람에 집값이 거의 바닥을 치고 있기 때문이다.

　에밀리아는 연립주택의 반지하로 내려가 인기척을 냈다.

　쿵쿵쿵!

　"배달이요!"

　그녀의 거친 목소리를 들은 집주인이 이내 문을 열었다.

　"무슨 배달이 이렇게 늦어요? 시킨 지가 언젠데……."

"여기 숨어 있었군. 주희성?"

"누, 누구……?"

"잠수를 타라고 명령했더니 아예 일본으로 튀어 잠수를 타? 해커라서 그런지 도망은 참 잘 다니는구나."

순간, 그는 주변에 있던 물건을 무기처럼 집어 들었다.

"겨, 경찰? 나는 여자라고 봐주지 않아!"

"그래? 난 일반인이라고 봐주지 않는데?"

철컥!

그녀가 주머니에서 권총을 꺼내 들자 주희성은 반사적으로 두 손을 번쩍 위로 들어 올렸다.

"허, 허억!"

"시끄러우니까 일단 문 닫고 들어가서 얘기할까?"

"…살려만 주신다면요."

"글쎄다, 일단 그건 네가 뭐라고 지껄이는지 들어보고 결정할 문제 아닐까?"

"……."

에밀리아는 문을 닫고 들어가 그를 방구석으로 몰아넣었다. 그리고 식탁에 있는 간이 의자를 주희성의 앞에 놓고 앉았다.

"자, 그럼 지금부터 진실게임을 시작해 볼까?"

그녀는 자신의 권총에 총 몇 발의 총알이 들어 있는지 확인시켜 주었다.

촤라락!

"총 열다섯 발이 들어 있군. 네가 진실을 말하지 않을 때마다 한 발씩 쏴서 결국 장탄된 것을 전부 다 소모하면 죽는 거다. 물론 그 총알들은 네 신체 부위 어딘가에 쑤셔 박혀 있겠지."

"…도대체 저에게 왜 이러시는 건데요? 알고 싶은 것이 있으면 그냥 조용히 물어보시면 될 것 아닌가요?"

"쉿, 조용히 해. 요즘 층간 소음으로 한국에선 살인도 일어난다고. 다른 사람들에게 폐를 끼치면 안 되는 것 모르나?"

"……."

그녀는 권총에 소음기를 끼며 말했다.

끼리리리릭.

"자, 그럼 이제 본격적으로 시작한다. 독사가 해커를 풀어서 통신사를 해킹하고 난 후 정보를 빼내어 특정인에게 넘기도록 지시했다고 말했다. 물론 그 특정인에 대한 사항은 독사 본인도 모르고 있고 말이야. 그 특정인이 누구야?"

"……."

"다시 한 번 묻겠다. 특정인이 누구야?"

이번에도 얘기를 하지 않을 듯한 그에게 에밀리아는 다짜고짜 총을 갈겨 버렸다.

탕!

퍼억!

"끄아아아아!"

그녀는 소리를 지르려는 그의 입에 양말을 구겨 넣었다.

"우우욱!"

"네 방에 있던 것이니까 본인의 입으로 들어가도 불만은 없으리라고 믿는다. 자, 그럼 다시 묻겠다. 특정인이 누구야?"

"우우우……."

"아아, 모르시겠다?"

에밀리아는 다시 한 번 그의 허벅지에 총을 쏘아 넣었다.

핑!

"우욱, 우우우우욱!"

고통에 찬 그의 얼굴이 붉게 달아올라 터질 듯이 부풀었지만 그녀는 전혀 개의치 않는 것 같았다.

"으음, 너무 그렇게 원망스럽게 쳐다보지 말라고. 이 모든 것은 네가 자초한 일이니까. 자, 그럼 다시 묻겠다. 특정인이 누구라고?"

"우우우우우!"

화가 머리끝까지 난 그가 발버둥을 치자 에밀리아는 그의 새끼손가락을 총으로 쏴버렸다.

탕!

우드드득!

말초신경 중에서도 손가락 신경은 그 고통이 상당하기 때문에 손가락 끝을 자극하면 고통의 끝을 경험하게 된다.

그런 손가락을 스치듯이 쏴버렸으니 사람이 미치지 않는 것이 다행이다.

극심한 고통으로 인해 몸이 사시나무 떨리듯 떨리는 그에게 에밀리아가 아주 다정하게 물었다.

"어때? 아프지? 원래 인생은 고통이라고 누가 그러더라. 그런 고통스러운 인생을 이렇게 계속 낭비할 거야? 그럼 너무 억울하지 않겠어?"

"……."

그제야 그는 체념했다는 듯이 고개를 끄덕였다.

"우웁……."

"그래, 이제야 말할 생각이 좀 들었어?"

그녀는 표정이 한결 누그러진 그의 입에서 양말을 꺼내주었다.

하지만 그는 도리어 에밀리아의 얼굴에 침을 내뱉었다.

"퉤! 이 더러운 년아! 차라리 나를 죽여라!"

"……."

에밀리아는 하는 수 없이 극단적인 방법을 고안할 수밖에 없었다.

"이 새끼, 독종이구나? 그래그래, 일이 어려울수록 성취감이 높은 법이지."

그녀는 주변에 보이는 아무 전자기기나 잡고 전선을 잘라 코드를 콘센트에 꽂았다.

치지지지직!

일본은 110볼트를 사용하기 때문에 그것이 사람의 몸에 들어간다고 해서 목숨이 끊어지진 않았다.

하지만 죽을 만큼 괴로울 것임은 자명했다.

"거듭 말하지만 이 모든 것은 네가 자초한 거야."

"자, 잠깐!"

그녀는 그의 입에 다시 양말을 쑤셔 넣고 얇게 벗겨진 손가락에 전깃줄을 가져다 대었다.

파바바밧!

주변으로 스파크가 튀더니 그의 몸이 미친 듯이 요동치기 시작했다.

"으으으으으으으!"

"짜릿짜릿하지? 어때?"

머리카락까지 바짝 타버린 그의 입에서 양말을 꺼낸 에밀리아는 그의 얼굴을 주먹으로 후려쳐 버렸다.

퍼억!

"쿨럭!"

"감히 내 얼굴에 침을 뱉어? 곱게 죽으면 다행이지, 온몸을 소금에 절여 아주 천천히 죽여주마."

"마, 말하겠습니다! 말할 테니 제발 고문 좀 그만해요! 사람을 왜 죽이려고만 해요! 말을 좀 들어봐요!"

"…아직도 주둥이가 살았나?"

"살아야 말을 할 것 아닙니까? 제발 저에게 5분만 시간을 줘요!"

그제야 그녀는 손을 거두었다.

"진즉 그렇게 나올 것이지."

"…삼재가 끼었다더니 정말이군."

"그렇다면 오늘 정말 죽을 수도 있겠네. 안 그래?"

그는 힘이 쭉 빠진 얼굴로 말했다.

"원하는 것이 뭡니까? 정말 그 사람의 이름만 말하면 됩니까?"

"아니, 그렇게 간단한 일 같으면 내가 이곳에 왜 왔겠어?"

"……."

"네가 정보를 전달해 준 사람은 누구이고 그 안에는 어떤 이름들이 들어 있었지?"

이제는 정말 도망갈 곳이 없겠다 싶었는지 그는 순순히 입을 열기 시작했다.

"기업가들은 물론이고 검경, 심지어는 군 수뇌부의 정보도 포함되어 있습니다."

"국회의원들도 포함되어 있겠군."

"그렇습니다."

"흠, 그래?"

그녀는 그에게 한 가지 제안을 했다.

"돈 때문에 그 말도 안 되는 대란을 일으킨 것이지?"

"그렇지요."

"하지만 그로 인해서 네 모가지가 왔다 갔다 할 것이라곤 생각해 본 적 없나? 이를테면 나와 같은 사람들이 찾아와 고문을 하다 죽인다든가 하는 뭐 그런 경우 말이야."

"…지금도 당하고 있잖아요."

"그래, 그렇지. 하지만 이것은 시작에 불과해. 아마도 네 목을 따고자 정부에서도 사람을 풀시 시작할걸?"

"지금 나에게 선심을 쓰는 겁니까? 미리 알고 피하라고?"

"후후, 그런 셈이라고 해두지."

그녀는 전호번호 하나가 덜렁 적힌 명함을 하나 건넸다.

"살고 싶으면 이곳으로 전화해라. 네가 가지고 있는 정보를 우리에게 넘기면 평생 먹고살 수 있는 돈과 은신처를 마련해 주도록 하지."

"그걸 어떻게 믿습니까? 나를 죽이려 한 사람인데."

"죽이려 한 사람이었다면 진즉 너를 죽였겠지. 하지만 나는 달라. 잘만 하면 호의호식하게 만들어줄 수도 있다는 소리지."

"……"

"아무튼 잘 생각해 봐."

이윽고 그녀는 지하실에서 나섰고, 그는 축 늘어진 채 자신의 몸을 바라본보았다.

"젠장, 건강보험도 안 되는데 총을 이렇게 쏘아놓으면 어쩌라는 거야?"

이제 남은 것은 스스로 치료를 하든지 돌팔이 의사라도 찾아가는 일이었다.

그는 늘어진 몸을 가까스로 일으켜 세웠다.

*   *   *

광주 아라비안나이트의 옥상, 태하는 일렬로 늘어선 20명의 조직원을 바라보고 있다.

태하는 시체를 처리해 준 사람들이 이렇게나 많았다니 뭔가 좀 미심쩍다는 표정을 지었다.

"총대를 메려면 한 명이 메든지 하지 왜 떼를 지어서 사람을 파묻었어? 그렇게 깡다구가 없어서야 어찌 건달을 해먹겠다는 거야?"

"…겁이 난 것이 아니라 차례대로 돌려가면서 사람을 묻다 보니 이렇게 되었습니다. 사람 한 명 묻고 나면 적어도 1년에서

길면 5년 동안 숨어 지내야 하는데, 그 미친놈이 사람을 한두 명 죽였어야지 말입니다."

"사람을 한둘 죽인 것이 아니다?"

"지금 사정이 있어서 밖에 못 돌아다니는 놈들까지 합산해 봐야 알겠지만 우리가 파묻고 바다에 뿌린 사람만 벌써 열 명이 넘습니다. 그나마 이곳에 못 온 놈들을 뺐으니 망정이지 그 놈들까지 전부 다 합치면 한 열다섯 명에서 스무 명은 너끈히 될 것 같네요."

태하는 기가 막혀서 말도 제대로 나오지 않았다.

"…미친놈이군. 사람을 왜 그렇게 많이 죽였대?"

"모르지요. 저희는 그냥 시키는 대로 시신만 수습해서 암매장했을 뿐이니까요."

"흠……."

"참, 미친놈도 그런 미친놈이 없었지요. 어떻게 제대로 된 시체를 찾아보기 힘들었습니다. 살인도 취향 따라서 매일 방법이 달라진다나 뭐라나. 하여간 몹쓸 놈인 것은 분명합니다."

"그런데도 왜 그의 죄를 덮어주었나?"

"시킨 일을 안 하면 우리 조직에서 운영하는 업장을 모두 철거시키고 조직원들을 감옥으로 보내 버린다는데 버틸 재간이 있겠습니까? 굶어 죽지 않으려면 어쩔 수 없지요."

"마지못해서 한 일이다?"

"저희들 중 절반은 지금 마누라가 도망갔거나 이혼 도장을 찍었습니다. 남편이라고 있는 것이 허구한 날 밖으로 나돌아다니는데다 연락까지 되지 않는데 누가 버티고 살겠습니까? 게다가 형사들은 하루걸러 한 번씩 찾아오지, 생활비는 쥐꼬리만큼 주지. 만약 제가 마누라였어도 못 버티고 도망갔을 겁니다. 그래서 지금은 버는 족족 전처와 아이들에게 보내줍니다. 하지만 그마저도 안 받겠다고 의절해 버린 집안도 있습니다. 이게 저희가 원해서 벌어진 일이겠습니까?"

"그래, 그건 그렇군."

이 세상에 사연 없는 사람 없다지만 이들의 경우엔 그 정도가 심해도 너무 심한 것 같았다.

태하는 도대체 얼마나 악독한 놈들이면 돈 한 푼 주지 않고 사람을 이 지경으로 부려먹을 수 있는가 싶었다.

그는 독사파의 조직원들에게 말했다.

"앞으론 내가 이 조직을 맡는다. 고로 너희들은 이제부터 아주 글로벌하게 놀 수 있다는 뜻이지."

"그, 글로······."

"전국구가 아니라 전 세계적으로 논다고."

"아아, 그런 뜻이었군요!"

태하는 그들에게 수첩을 하나씩 건네주었다.

"여기에 너희들이 가고 싶은 국가를 하나씩 적어내라. 기한은 일주일 주겠다. 그 안에 적어놓지 않으면 그냥 내 마음대로 보내고 싶은 곳으로 보내 버릴 것이다. 마다가스카르에서 원숭이 춤이나 추고 싶지 않으면 심사숙고해서 적어라."

"마, 마다… 발음도 어렵구먼. 아무튼 저희들이 원하는 곳을 적으면 어떻게 되는 겁니까?"

"적어도 지금처럼 가장이 파탄 난 채로 살지는 않겠지. 외국으로 건너가서 우리 회사에서 주는 일자리 얻어서 사람처럼 살아. 아이들에도 차라리 그편이 좋지 않겠나?"

순간, 조직원 모두가 태하의 앞에 무릎을 꿇었다.

쿵!

"혀, 형님!"

"일어나라. 너희들 절이나 받자고 하는 일 아니다. 그저 진실을 요구하는데 내가 지불해야 할 대가라고나 할까?"

"지불이요?"

"너희들이 처리한 그 시신들의 출처와 묻은 장소 등을 나에게 세세히 알려주고 떠나라. 그것이 내 조건이다."

"알겠습니다. 형님이 시키는 일이라면 무엇이든 하겠습니다!"

"좋아, 그런 자세야말로 우리 청명그룹이 원하는 것이다. 앞으로 너희들이 갈 나라의 언어나 잘 공부해 놔."

"예, 형님!"

태하는 죄를 짓긴 했어도 입에 풀칠하느라 어쩔 수 없이 한 일은 자신이 재판할 수 없다고 생각했다.

그렇기 때문에 진실은 취하고 억울한 사람들은 외국으로 보내어 자신의 인력으로 쓰기로 마음먹은 것이다.

이제 태하는 그들이 묻어둔 케케묵은 진실과 마주하게 될 터였다.

*　　　*　　　*

늦은 밤, 태하는 경상북도 청송의 한 구석진 시골로 향하는 중이다.

탈탈탈.

이곳은 아주 오래된 조경사가 위치하고 있어서 정갈한 느낌의 나무가 군집을 이루고 있지만 사람의 왕래는 끊어진 지 오래였다.

걸어서 왕복 세 시간은 족히 될 이 산비탈을 굳이 걸어 올라와 봐야 딱히 볼 것이 없기 때문이다.

더군다나 이곳은 전부 사유지라서 주인의 허락 없이는 입구에서 올라올 수도 없었다.

독사파는 이곳을 아는 지인에게 저렴한 가격에 구매해서 사람 셋을 비밀리에 암매장했다고 털어놓았다.

그들을 묻은 세 사람은 조경수들을 쳐다보는 것만으로도 속이 울렁거린다고 말했다.

"…잠을 잘 때마다 그들의 얼굴이 떠오릅니다. 그때 왜 경찰서에 바로 신고하지 않았냐고요. 하지만 저는 그럴 수 없었다고 빌고 또 빌지만 그들은 결코 용서해 주지 않았습니다. 아마도 저는 천벌을 받겠지요. 그렇지만 제 처자식은 버릴 수가 없었습니다."

"그래, 사람은 저마다 사정이 있는 법이지. 너희들에게 원한다면 법적인 처벌을 받는 대신 형량을 경감시킬 수 있는 방안을 찾아주겠다. 이래 봬도 나는 변호사 자격증까지 있거든."

그들은 잠시 생각에 빠졌다가 이내 고개를 내저었다.

"아닙니다. 저 한 명이 순순히 자백했다가 나머지 조직원들이 위험해질 겁니다."

"그래, 그렇다면 어쩔 수 없지."

어차피 태하는 이것들을 증거로 채택하여 법적인 공방을 벌일 생각은 없었다.

지금은 시체가 백골이 되어버렸을 것이고, 박 씨 부자가 사람을 죽였다는 증거는 그 어디에도 없기 때문이다.

그저 지금은 그가 정신병자가 아니고 진짜 살인자라는 사실만 확인하고 그 정보들만 수집할 뿐이다.

본격적으로 그들을 심판대에 올릴 때엔 다른 방법을 사용하게 될 것이다.

태하는 시신을 묻은 세 사람에게 위치만 전해 듣고 그들은 수목원 아래에서 잠시 대기하도록 지시했다.

아무리 죄를 지었다곤 해도 자신이 저지른 일을 후회하고 반성하는데 굳이 시신을 다시 보여줄 필요는 없기 때문이다.

퍽퍽퍽!

독사파 조직원들과 함께 땅을 파내려 간 태하는 진토가 되기 직전인 시신과 마주했다.

"이곳에 있었군."

"목걸이와 반지를 보아하니 여자인 것이 분명합니다."

"그래, 바로 이 사람이 김현정 씨인 모양이군."

"제가 알기론 20대 초반이었답니다. 대학생이고 미모가 꽤나 출중했다지요."

"그런데 어째서 이 여자를 최태식이 죽인 거지?"

"친구들과 나이트클럽에 놀러 갔다가 환각제를 먹고 뻗어버렸답니다. 그사이에 최태식과 그 친구들이 그녀를 차례대로 욕보였고요."

"…개자식이군."

"그녀는 약물 과다 복용과 신경과민에 의한 발작 등으로 죽었답니다. 그녀의 육체가 그 엄청난 일을 버틸 수가 없었던 것이지요."

"너희들은 그것을 알면서 묻어주었던 것이고?"

"저희들도 엄청나게 고민했습니다. 하지만 어쩌겠습니까? 이대로 죽을 수는 없는 일인데."

태하는 가슴이 답답해 오는 것을 느꼈다.

이 세상에 아무리 사연이 딱한 사람이 있다곤 해도 그 죄질의 나쁨을 알고도 살인에 동조한 것은 있을 수 없는 일이었다.

그러나 이 모든 것도 태하가 직접 판단하고 심판하기엔 무리가 있었다.

그는 시신을 다시 묻고 추후에 사건이 종결되면 좋은 자리에 이장시켜 주기로 마음먹었다. 그리고 태하는 조경사 휴게실에서 쉬고 있는 조직원들에게 다가가 물었다.

"너희들은 이 여자가 어떻게 죽었는지 잘 알고 있을 것이다."

"…물론입니다."

"그렇다면 잠시나마 너희들의 죄를 가볍게 해줄 수 있는 방안에 대해서 알려주겠다."

"그, 그것이 뭡니까?"

"죄를 지은 놈을 잡아다 스스로 죗값을 치르게 만드는 것이지."

"……!"

"너희들에게 법의 심판을 함께 받으라는 말은 하지 않겠다. 다만 이 파렴치한들을 가만히 내버려 두는 것은 있을 수 없는 일이다. 그들을 잡아다 죽은 망자의 한은 풀어주는 것이 도리

아니겠나?"

그들은 흔쾌히 고개를 끄덕였다.

"예, 형님! 그럴 수만 있다면 손가락이라도 자르겠습니다!"

"그래, 그런 각오면 되었다."

억울한 죽음을 본 이상 이 사태를 좌시할 수만은 없는 태하이다.

그는 독사파와 함께 최태식의 친구들을 찾아 단죄하기로 했다.

* * *

서초구의 한 빌딩 스카이라운지.

뺌빠바바밤!

신나는 재즈의 선율이 흐르는 이곳에 유난히도 시끄러운 다섯 명의 청년이 있다.

그들은 양쪽에 여자를 한 명씩 끼고 앉아서 술잔을 연거푸 들이켜고 있었다.

"하하하! 마셔, 마셔!"

"어이, 술 좀 더 가지고 와!"

청년들의 곁에 앉은 여자들은 이미 눈이 다 풀려서 제대로 몸조차 가누지 못하는 상황이다.

하지만 그럼에도 불구하고 그녀들의 입으론 술이 계속 들어간다.

꿀꺽꿀꺽!

반은 마시고 반은 흘리는 그녀들이건만 청년들은 웃으면서 그녀들을 희롱했다.

"어이쿠, 잘 마시네? 그런데 자꾸 그렇게 술을 흘리면 쓰나?"

촤락!

"하하하하! 가슴이 술에 물들었네?"

"이 새끼, 완전 시인 다 되었는데?"

홍청망청, 비틀비틀, 완전히 인간의 탈을 벗어버린 그들의 타락은 과연 어디까진지 가늠을 할 수 없을 정도이다.

그럼에도 불구하고 스카이라운지의 직원이나 지배인이 별말을 할 수 없는 것은 저 청년들 중에 한 사람이 이곳을 통째로 대절했고, 그가 바로 이 건물의 주인이기 때문이다.

이것이 잘못된 일이라는 것은 잘 알고 있었지만 경찰에 무턱대고 전화를 했다간 자신의 앞길을 망칠까 무서웠던 것이다.

한마디로 지금 이곳은 돈으로 벌일 수 있는 타락은 전부 다 벌어지고 있는 셈이었다.

극한의 갑질을 안주 삼아서 술을 퍼마시던 그들의 고개가 이내 돌아갔다.

딩동!

"주류 배달이요!"

"배달이요? 오늘 받을 술은 다 받은 것으로 아는데요?"

"그럴 리가 있습니까? 분명 양주 한 박스에 맥주 네 박스를 추가로 주문하셨는데요?"

"잠시만 기다려주시겠습니까?"

지배인이 주류의 수령 여부를 결정하려는데 건물주 지성준이 다가왔다.

"…뭐야? 술 팔러 왔어?"

"아, 네. 주류를 배달하러 왔습니다."

"그래? 그럼 한잔하고 가야지. 술을 팔러 왔는데 술을 안 마시고 그냥 돌아가면 쓰나?"

"제가 감히 저 자리에 끼어도 되겠습니까?"

"하하! 물론이지! 오늘은 파티야! 내가 아주 삼삼한 년들을 약 먹여놨으니까 좀 놀다가 가도 좋고!"

"알겠습니다. 그럼 이 술만 가져다 놓고 곧바로 오겠습니다."

"그래, 그래!"

술 궤짝을 주방으로 들고 들어간 배달원은 대략 10분 후에 다시 테이블로 돌아왔다.

그러자 지성준이 그에게 엑스터시를 탄 약물을 건넸다.

"자, 마셔!"

"감사합니다. 그럼 사양하지 않고 들겠습니다."

"하하, 화끈하군! 마음에 들었어!"

배달원은 술을 단숨에 다 비워 버렸고, 지성준은 그에게 100만 원짜리 수표를 한 장 건네며 말했다.

"여기서 술 마시고 놀다가 가. 내가 하루 일당 지불할게. 어때?"

"하지만……."

"하하, 괜찮아! 한잔 마시고 질펀하게 한번 하는 거야! 어때?"

"오늘은 친구들과 약속이 있는데……."

"그래? 그럼 친구들도 불러!"

"그래도 되겠습니까?"

"물론이지!"

"잠시만 기다리십시오."

그는 이내 어디론가 전화를 걸었고, 1분도 채 지나지 않아 한 무리의 사내들이 스카이라운지로 쏟아져 들어왔다.

마치 기다렸다는 듯이 들어서는 그들을 바라보며 지성준이 고개를 갸웃거렸다.

"어라? 미리 기다리고 있었던 거야?"

"그래, 이 개자식아! 기다리고 있었다!"

무리 중 한 명은 무려 3미터가 넘는 거리를 도약하여 무릎으로 지성준의 얼굴을 찍어버렸다.

빠악!

"크헉!"

"싸움 좀 한다면서? 한번 덤벼보시던지."

"이, 이런 개자식들이!"

지성준은 취미로 이종격투기를 연마했는데, 그 수준이 거의 준 프로에 육박했다.

그는 힘껏 주먹을 내질렀다.

부웅!

아주 탄력적이고 강력하게 주먹을 휘둘렀지만, 그것은 사내의 옷깃도 스치지 못한 채 떨어져 내렸다.

"양아치 새끼, 오늘 아주 저세상으로 보내주마!"

거리에서 갈고닦은 사내의 주먹은 처음부터 얼굴이 아닌 복부와 낭심을 향해 날아갔다.

그것도 아주 낮고 빠르게 지성준의 급소를 후려친 것이다.

빠악!

"쿨럭쿨럭!"

"머리에 피도 안 마른 자식이 버르장머리가 없군! 돈이 많으면 많은 대로 조용히 살면 그만인 것을!"

퍽퍽퍽퍽!

그는 지성준의 머리채를 휘어잡은 채 주먹으로 마구 후려쳤다.

"허억, 허억! 사, 살려주십시오! 제가 잘못했습니다!"

"…그럼 네가 무엇을 잘못했는지 전부 다 시인할 수도 있겠군?"

"무, 물론입니다!"

"너와 네 친구들이 약물을 타 먹이고 실컷 윤간하다가 죽인 그 여자에 대해서도 말할 수 있겠군?"

"아아, 그 여자 말입니까? 물론입니다! 그냥 마지못해 웨이터에게 끌려왔다고 둘러대기에 제가 확실히 보내 버렸죠!"

"…그 보내 버렸다는 뜻이 뭐냐?"

"극락이요! 큭큭, 아마도 그년은 희열 속에 죽어갔을 겁니다!"

사내들은 더 이상 지성준을 가만히 두고 볼 수가 없었다.

"이 새끼, 사람 되려면 멀었군."

"데리고 가서 족치고 경찰에 넘기는 편이 낫겠어."

"그래, 그러자고."

그들은 지성준을 포함한 다섯 명의 청년을 모조리 두들겨 패서 기절시킨 후 들것에 실어 스카이라운지를 빠져나갔다.

그리고 그들은 이곳의 직원들에게 명함을 한 장 건네며 말했다.

"무슨 일 있으면 이곳으로 연락 주세요. 그리고 오늘 우리가 다녀간 것은 비밀입니다. 어차피 오늘 이곳에서의 파티는 비공식적인 것이었을 테니 문제될 것 없겠지요?"

"그, 그렇지요."

"아무쪼록 실례 많았습니다. 그럼."

마치 바람처럼 왔다가 사라진 그들을 바라보며 지배인과 직원들은 어리둥절한 표정이 되어버렸다.

"…괜찮겠죠?"

"어차피 저놈들, 이곳에서 술 처마시는 것은 아무도 모르니까 괜찮아. 일단 저 술자리부터 치우자고."

"네, 알겠습니다."

지금 이 건물에는 CCTV마저 제대로 돌아가고 있지 않았다. 만약 지성준이 사라졌다고 신고가 들어와도 증거는 찾을 수 없을 터였다.

그들은 알아서 증거를 지우고 평소와 다름없이 영업을 이어나갔다.

*　　　　*　　　　*

지성준을 포함한 다섯 명은 모두 쟁쟁한 집안의 아들들로 한때는 태하가 참여한 모임에도 가끔 얼굴을 비추었던 것으로 밝혀졌다.

다만 그때의 태하는 지금보다 나이가 적었기 때문에 이들을 알아보지 못한 것이다.

"KOP그룹의 아들이라니 의외의 일이군."

"놈을 잘 아십니까?"

태하는 피떡이 된 채로 포박당한 지성준을 발로 툭툭 차며 말했다.

"…잘 알지. 그때는 이렇게 양아치 짓을 할 정도로 싸가지가 없지는 않았는데 말이야. 세상이 어쩌다가 그 소년을 이렇게 만든 것일까?"

"돈독이 오르면 그 누구라고 충분히 버릴 수 있습니다. 물론 그렇지 않은 사람들도 개중에 조금은 있겠지만 말입니다."

대한민국 최고의 기업 가문에서 자란 태하이지만 그는 갑질을 기업가로서의 수치라고 생각하던 사람이다.

이런 사태를 가만히 보고 있자면 복창이 터질 것 같은 태하이다.

"양아치 새끼들, 너희들 군대는 다녀왔냐?"

"…아니요."

"나이가 몇이라고?"

"스물일곱이요."

"스물일곱인데 아직도 군대를 안 갔어? 그동안 뭐 했어? 27년 동안 집에서 똥 만드는 것만 배웠나?"

"어차피 한국 국적이 아니라서 군대를 안 가도 된다고 해서……"

"한국에서 태어나 한국에서 장사를 해먹는데 군대를 안 간 다고?"

"국적이 다르면 의무가 아니라고⋯⋯."

"그런데 왜 멀쩡하게 한국에 법인 세우고 건물까지 올렸어? 한국에서 태어나서 얻은 특수 아니었나?"

"그렇긴 하지만⋯⋯."

태하 역시 다중 국적을 취득할 수 있는 충분한 여건이 되었 지만 그렇게 하지 않았다.

최소한 메이드 인 코리아를 달고 장사하는 사람이라면 국민 의 의무는 다해야 한다고 생각했기 때문이다.

"아무리 대한민국 정부가 마음에 들지 않아도 의무를 다하 지 않으면 쓰나?"

"⋯죄송합니다."

"이런 새끼들은 아프간이나 소말리아로 파병을 보내야 하는 데 말이지."

"살려만 주시면 파병이든 뭐든 다 하겠습니다! 그러니⋯⋯."

무릎을 꿇은 채 사정하는 지성준을 바라보며 태하가 물었 다.

"하지만 그건 불가능하겠어. 너희들은 파병 대신에 감옥에 가야 하거든."

"가, 감옥이요?"

"사람을 죽였는데 감옥도 안 가려고 했나? 너희들, 집단 강간에 약물치사면 형량이 얼마나 될 것 같아? 일반인 같으면 검은 머리론 절대로 감방에서 못 나와."

"……"

"그렇지만 너희들은 유능한 변호사를 사고 언론플레이를 통하여 형량을 최대한 줄이거나 아예 무죄를 받아내겠지. 그렇지 않아?"

"아, 아닙니다. 죄를 받으라고 하시면 받겠습니다."

"죄를 받을 테니 살려만 달라 뭐 그런 얘기인가?"

"예, 그렇습니다!"

"좋아, 그럼 그 소원을 들어주도록 하지."

"가, 감사합니다!"

"대신 너희들은 종신형이다. 평생 빛 한 줄기 들어오지 않는 지하 감옥에서 썩을 것이란 말이지."

"그, 그게 무슨……"

"혹시 사설감옥에 대해서 들어봤나? 사람을 가두어놓고 15년 동안 군만두만 주는, 영화에서 나왔지. 기억하나?"

"……"

"그런 사설감옥이 있어. 그곳에서 푹 썩다 보면 사람이 되고자 노력하게 될지도 모르지. 인간 개조는 생각보다 간단한 일이거든."

태하의 말에 무게가 있다는 것을 결코 모를 리 없는 그들은 무릎을 꿇고 빌기 시작했다.

"다, 다시는 이런 짓을 하지 않겠습니다! 그러니 제발……."

"그렇다면 법의 심판대로 변명의 여지없이 제대로 형을 받을래? 그럼 사설감옥으론 보내지 않을게."

"예, 예! 물론입니다!"

"만약 변호사 선임 등으로 형량이 생각보다 덜 나오게 된다면 지금처럼 다시 다정하게 얼굴을 마주하게 될 것이다. 알겠어?"

"아, 알겠습니다! 그리하겠습니다!"

그는 공포에 몸을 떨고 있는 그들에게 물었다.

"그럼 지금부터 증언을 모으도록 하겠다. 너희들, 백골이 되어버린 여대생에 대해서 알지? 약물치사로 죽은 그 아가씨 말이야."

"네, 알고 있습니다."

"처음에 그 여자를 몹쓸 짓에 끌어들인 놈이 누구야?"

"최태식이라고, 동네 친구입니다. 워낙 약에 미쳐 버린 놈이지만 여자를 보는 눈이 꽤 높아서 항상 에이급을 섭외하곤 했죠. 그날 밤도 나이트클럽에서 한 여자를 약으로 보내 버리곤 함께 즐길 친구를 찾고 있더군요."

"그래서 우르르 몰려가 한 여자를 다 함께 범했다는 소리군."

"…그렇습니다."

"좋아, 그럼 하나 더 묻겠다. 최태식은 정신이상자가 맞나? 아예 근본적으로 미친놈인 거야?"

"그렇지 않습니다. 물론 생각하는 것은 정상이 아니지만 미치지는 않았습니다. 최소한 인격이 몇 개 이상 되는 그런 병은 앓고 있지 않아요."

"그렇다면 지금 보이고 있는 저 모습들은 순전히 감형을 위한 연극에 불과한 것이군."

"예, 그렇습니다."

"좋아, 그런 자세라면 정의를 저버리지는 않겠어."

태하는 그들에게 경찰서로 향할 것을 명령했다.

"스스로 경찰서로 출두해라. 그리고 너희들이 사람을 죽였고, 최태식이 그 주모자라고 자백해라."

"…알겠습니다."

"또한 최태식의 추가 범죄에 대해서도 전부 자백하도록. 너희들이 아는 선에서 진술할 수 있는 것은 전부 다 하란 말이다."

"하지만 그랬다가 그 집안과 사이가 틀어지면……."

"적어도 죽거나 죽을 때까지 감옥에서 썩는 일은 없겠지. 참고로 사설감옥에는 매일 같은 종류의 빵과 유우가 나온다. 죽을 때까지 퍽퍽한 빵에 유우 한 통씩 먹으면서 살아가야 한다는 소리지. 만약 감옥이 궁금하다면 지금 당장 구경시켜 줘?"

"아, 아닙니다! 말씀하신 대로 하겠습니다!"

"그래, 그렇게 나와야지. 그렇지 않으면 일이 일파만파 커지고 말 테니까."

"…잘 알겠습니다. 반드시 시키신 대로 움직여 소란을 만들지 않겠습니다."

"이제야 말이 좀 통하는군."

최태식의 여죄에 대해서도 자백하게 된다면 이들의 형은 조금 감형이 될 수도 있을 것이다.

하지만 변호사를 선임할 수 없으니 그 폭이 결코 크지는 않을 것이다.

"그럼 좋은 소식 기대하겠다. 만약 그렇지 않다면……."

"절대로 그럴 일 없을 겁니다. 정말입니다!"

"믿어보겠어."

이제 정말로 개과천선을 하게 될지 그들을 조금 더 지켜보기로 하는 태하이다.

*　　　　*　　　　*

늦은 밤, 강남경찰서로 다섯 명의 청년이 줄줄이 들어와 자수 의사를 밝혔다.

강남경찰서 강력 2팀 김희성 경감은 도대체 이들의 말을 어디까지 믿어야 할지 감을 잡지 못하고 있었다.

"…그러니까, 당신들이 약물과다복용치사로 사람을 죽였다는 말이죠?"

"네. 그전에 우리는 친구들과 함께 수도 없이 윤간을 했습니다. 그 이후에 약물과다복용과 신경발작에 의한 심정지가 와서 숨을 거두었고요."

"허, 이것 참……!"

김희성은 그야말로 천인공노할 만한 얘기를 듣고 난 후라서 그런지 아까 먹은 국밥이 가슴에 딱딱하게 얹혀 버린 느낌이다.

그는 연신 가슴을 두드리면서 취조를 계속해 나갔다.

"그래, 당신들이 지금 한 말이 얼마나 큰 파장을 불러일으킬지 알고는 있어요?"

"물론입니다."

"그런데 갑자기 자신들의 죄를 고백하려는 이유가 뭔데요?"

"…우리도 사람이니까요. 사람답게 살아보겠다는 것이 문제인가요?"

"문제될 것은 없지요. 다만……."

김희성은 도대체 이 부잣집 도련님들이 왜 자신에게 와서 죄를 뉘우치겠다고 하는지 이해를 할 수 없었다.

보통은 미결로 끝난 사건은 끝까지 붙잡고 있지 않기 때문에 만약 지금 사건을 뒤엎는다면 처음부터 다시 수사를 진행해야 할 것이다.

하지만 그 판이 워낙 크다 보니 도무지 손을 댈 엄두가 나지 않았다.

"휴우, 이것 참……."

난감함에 몸을 좌우로 비틀고 있던 그에게 한 여성이 다가와 물었다.

"선배, 누굽니까?"

"아아, 나희 왔구나."

"누군데 아까부터 그렇게 머리를 쥐어뜯고 있어요? 강 형사는 어디 가고 선배가 직접 취조를……?"

"…일이 그렇게 되었다."

공조수사 때문에 잠시 강남서에 들른 추나희에게 김희성이 물었다.

"어이, 추나희. 이번에 큰 건 하나 물어보지 않겠어?"

"큰 건이요?"

"글쎄다, 이 사람들이 한 여자를 약물에 취하게 만들어놓고 발작이 일어날 때까지 강간했다지 뭐야."

"…뭐요?"

"그런데 이게 워낙 엄청난 일이라야 말이지."

그녀는 노트북을 빼앗듯이 자신의 앞으로 돌렸다.

"좋습니다. 선배가 안 한다면 제가 하지요. 저에게 사건 자료다 넘기시고 이놈들 중앙청으로 데리고 가겠습니다. 그러면 되는 것이죠?"

"역시 말이 잘 통하는군. 화끈해, 추나희!"

추나희 경감은 그들을 명태 코다리처럼 줄줄이 엮어 중앙청으로 향했다.

그 뒷모습을 바라보는 김희성은 아주 나지막이 읊조렸다.

"…저 자식, 저렇게 날뛰다간 언젠가 큰 사고 터뜨릴 것 같은데 말이야."

"그렇게 걱정되시면 직접 하시죠?"

"시끄러워."

그는 추나희가 열고 나간 경찰서 강력반의 문을 굳게 닫아버렸다.

철컹!

4. 아버지와 아들의
추악한 죄

이른 아침, 대전치료감호소에 손님이 찾아왔다.

아들을 보겠노라 서울에서 한달음에 달려왔다는 그는 성씨도 다른 아들을 앞에 둔 채 연신 미소를 짓고 있었다.

그는 감호소 직원들에게 잠시 시간을 달라고 부탁했다.

"제 아들과 단둘이 있고 싶습니다. 괜찮다면 자리를 비켜주실 수 있겠습니까?"

"안 됩니다. 원칙적으로 친권자가 아니면 독대가 불가능하거든요."

"…제발 부탁 좀 드립니다."

아버지는 그들에게 무려 천만 원 상당의 현금 다발을 턱하니 내밀었다.

"이래도 안 되겠습니까?"

"험험, 이렇게까지 말씀하시는데 안 될 것은 또 뭡니까? 안 그래, 다들?"

"그래, 맞아! 아무리 세상이 험악해도 설마 아들이 아버지를 해치겠어?"

"아주 보기 좋은 그림이군! 그럼 우리는 커피나 한 잔 마시러 갈까?"

그들은 테이블 위에 물병을 올려놓으며 말했다.

"천천히 얘기 나누십시오. 혹시 담배가 태우고 싶으시면 이곳에 버리시고요."

"고맙습니다."

이윽고 그들이 밖으로 나가자 아버지는 아들에게 담배를 한 개비 권했다.

"…피울 테냐?"

"저 사람들이 보면 어쩌려고요?"

"보면 어쩔 건데? 저 새끼들도 사람인데 먹을 것 다 처먹어놓고 딴죽을 걸겠어?"

"뭐, 그건 그렇지만……."

"괜찮으니 편하게 해라."

"알겠어요."

아들은 아버지가 권한 담배를 피워 물곤 황홀한 표정을 지었다.

"쓰읍, 후우! 아아, 좋다!"

"…안에서의 생활은 어떠냐? 버틸 만하냐?"

"뭐, 감호소가 다 그렇죠. 그나저나 아버지가 이곳엔 어쩐 일이세요? 잘못하면 우리 둘 다 엮여서 한꺼번에 골로 가는 것 몰라요?"

"급한 일이니 여기까지 왔지. 내가 미쳤다고 사서 죽을 짓을 하겠니?"

아들은 고개를 갸웃거렸다.

"급한 일이 뭔데요?"

"…네가 예전에 사고 쳐서 죽인 처자 있잖냐?"

순간, 아들의 표정이 딱딱하게 굳었다.

"그 얘기는 이미 끝난 것 아니었나요? 갑자기 그 얘기는 왜……."

"일이 잘못되었다. 네 친구들이라는 새끼들이 경찰에 자수했어. 지금 백골을 묻어버렸다는 그곳으로 현장 검증을 떠날 참이라는구나."

"…뭐, 뭐라고요? 어떻게 그런 일이……?"

"나도 뭐가 어떻게 된 것인지 모르겠어. 도대체 어디서부터 어떻게 정보가 샌 것이며, 저놈들이 갑자기 왜 저렇게 날뛰는 건지."

"……."

"너, 뒤처리는 깔끔하게 한 거지? 그렇지?"

"물론이죠. 그때 아버지가 시킨 대로 약 먹이고 실컷 놀려먹다가 심장마비처럼 꾸며서 죽였어요. 그 이후엔 독사 놈들에게 협박해서 시체를 치웠고요."

"…독사 이 개자식! 그 자식의 입에서 뭔가 새어 나간 것 아니냐?"

"그럴 수도 있겠네요."

아들은 짐짓 심각한 표정으로 말했다.

"이번 일이 일파만파 커지면 우리 모두 죽어요. 아버지, 이젠 어떻게 할 생각이세요?"

"…막아야지. 이번 고비만 넘기면 우리 세상이 오는데."

그는 속상한 표정으로 말했다.

"엄마는요? 엄마도 알아요?"

"…당연하지. 다행히도 얼마 전에 네 엄마에게 검사가 다녀갔다고 하더구나."

"검사요? 어떤 검사 말인가요?"

"네 사건과 관련된 사람은 아닌 것 같더라. 네 사건을 수사하던 사람 중에 여자는 없었잖아?"

"그렇지요."

이제 아들은 복잡한 심경을 뒤로한 채 아주 진지하고도 침착한 어투로 아버지에게 말했다.

"우선은 그 친구들부터 어떻게 해야 하는 것 아닌가요? 그놈들, 아무것도 모르고 설쳐대다간 일이 너무 커질 수도 있잖아요?"

"그러게 말이다. 하지만 그놈들의 입을 막을 방법이 없어. 만약 그놈들이 너에 대해 폭로라도 하게 된다면 그땐 정말 답이 없는데 말이야."

"…빌어먹을 자식들! 그놈들과 어울리는 것이 아니었는데!"

"어쩔 수 없는 선택이었다. 그때는 그렇게밖에 할 수가 없었잖니."

"그렇긴 하지만……."

"이 아빠도 백방으로 알아보고 노력하고 있단다. 그러니 희망을 잃지는 말거라."

"당연하죠. 우리가 어떻게 여기까지 왔는데 이제 와서 포기할 수는 없지요."

"그래, 그래야 내 아들이지."

아들은 조용히 아버지를 바라보며 말했다.

"이번 일만 잘 끝나면 정말 외국으로 함께 떠나는 거지요?"

"물론이지. 우리 네 가족이 함께 살 수 있는 날도 그리 멀지 않았어."

"우리 남매, 언제까지 이렇게 망나니에 미친 연놈들처럼 살 수는 없어요. 아버지, 이번에야말로 확실히 마무리를 지어주세요. 그렇지 않는다면 우리 모두 정말 미쳐 버릴지도 몰라요."

"그래, 알았다. 이쯤 했으면 더 이상 연막을 치지 않아도 괜찮을 거야. 곧 끝난다. 걱정하지 말거라."

"…믿을게요."

아버지는 아들에게 커다란 약봉지를 하나 건넸다.

"자, 받아라. 이번 달 치 약이야."

"…지긋지긋하군요. 속에서 잘 받지도 않는 약을 먹고 미친 짓을 하려니 위가 아주 말이 아니에요."

"그래도 어쩌겠냐? 우리가 모두 다 함께 행복하자면 어쩔 수 없는 일인 것을."

"알겠어요. 아버지만 믿을게요."

"그래, 믿어라. 이 아버지가 아니면 또 누구를 믿겠니?"

"아버지……."

"그래, 그래. 다 안다. 이제 고지가 눈앞이다. 힘내자꾸나."

"네."

두 부자는 뜨거운 포옹을 나눈 후 언제 그랬냐는 듯 평소처럼 돌아와 서로의 길로 다시 흩어졌다.

＊　　　＊　　　＊

서울 서대문에 위치한 경찰청 본청에 다섯 명이나 되는 재벌
가 자제들이 약물관리법 위반과 사체유기, 특수강간 등에 대한
죄로 조사를 받고 있다.

이번 조사는 강력 1팀장 추나희 경감이 수뇌부의 지원을 받
아 제대로 팔을 걷어붙이면서 일이 점점 커져가고 있었다.

처음엔 그저 재벌가 아들들의 커밍아웃쯤으로 생각되었던
사건은 실제로 백골 상태의 유골이 출토되면서 전혀 새로운 국
면을 맞게 되었다.

찰칵찰칵!

경북 청송의 한 조경사에서 발견된 시신은 이미 진토가 상당
히 많이 진행된 상태였지만 여전히 손톱과 머리카락 등을 수습
할 수 있었다.

DNA 대조 결과 그녀의 신원이 확인되었고, 시신과 함께 묻
혀 있던 옷에서도 다량의 DNA가 검출되었다.

또한 그녀의 머리카락에선 무려 열 명이 넘는 사내의 DNA가
검출되었는데 그중에 다섯 명이 그 안에 속해 있었다.

이미 백골이 되어버렸을 정도로 심하게 훼손된 시신에서
DNA가 검출된 것은 상당히 이례적인 일이었는데, 아무래도 주
변의 공기가 상당히 습하고 시신을 묻을 당시에 주변 환경이

DNA의 변질을 막아준 것으로 보였다.

경찰들은 이 사건에 대해 과학적으로 분석하면서도 한편으론 하늘이 죄인들을 잡아들이기 위해 손을 쓴 것이 아니냐고 입을 모으기도 했다.

일이야 어찌 되었던 간에 죄는 명명백백히 밝혀진 셈이고, 그들의 증언대로 윤간의 증거도 이미 확보가 된 상태였다.

하지만 중요한 것은 과연 이들이 정말로 약물로 사람을 치사에 이르게 한 것인지가 명확하지 않다는 점이었다.

사람이 약물에 의해 죽었다는 것은 살인을 주장하는 사람들의 말이고, 부검의는 약물에 대한 소견을 쉽사리 내어놓지 못했다.

만약 시신이 온전한 상태로 보존되어 있었다면 모를까, 거의 화석 수준의 DNA만 남은 상태에선 약물에 대한 테스트를 진행하기가 어려웠던 것이다.

그럼에도 불구하고 이들은 자신들이 자백한 죄에 대해 현장 검증을 거치고 이제 곧 검찰로 사건이 송치될 예정이다.

추나희 경감은 사건의 재현 현장을 바라보며 복잡한 심경에 사로잡혀 버렸다.

"최태식이라……. 그놈이 주범이라는 소리지?"

"예, 팀장님, 아무래도 그놈을 다시 소환해서 조사하는 편이 좋겠습니다. 정신분열증 환자가 어떻게 파티를 열 수 있겠으며,

여자는 또 무슨 수로 꿰어냈겠습니까? 아무래도 구린 구석이 한두 군데가 아니에요."

"그래, 기왕지사 파는 김에 아주 제대로 한번 파보자고."

이제 곧 사건 검증이 끝나고 다시 경찰청으로 돌아가게 될 것이다.

하지만 바로 그때쯤, 지성준이 그녀에게 다가와 독대를 청했다.

"저, 경감님."

"무슨 일이죠?"

"긴히 드릴 말씀이 있습니다."

"하세요."

"…기자들이 떠나고 나면 형사님들과 함께 말씀드리겠습니다. 보는 사람이 많아선 얘기하기 힘든 것이거든요."

그녀는 사건 검증을 이쯤에서 마무리하고 사람들을 모두 돌려보냈다.

"자자, 이제 검증 끝났습니다! 다들 돌아가 주세요!"

"하, 하지만……."

"돌아가세요. 또 머리 뚜껑 돌아가도록 만들지 마시고요."

"…알겠습니다."

추나회의 성질머리를 잘 아는 사람들은 그녀가 결코 두 번 말하도록 내버려 두지 않았다.

이윽고 기자들이 다 돌아가고 나자 그는 어렵사리 입을 열었다.

"최태식에 대한 얘기입니다."

"말해보세요."

"태식이가 죽인 사람, 그 사람이 처음이 아닙니다."

"알아요. 이 피해자도 그가 주도해 죽인 것이라면서요."

"아니요, 이 여자 말고도 꽤 많은 사람이 죽었어요. 그것도 성별, 나이에 상관없이 아주 다양하게 말이죠."

"그렇다는 것은……."

"놈은 연쇄살인범입니다. 경찰이 모르고 있을 뿐이지, 우리 친구들은 그놈이 어떤 짓거리를 하고 다녔는지 아주 잘 알고 있다고요."

추나희는 아주 흥미로운 표정을 지었다.

"그래요? 이를테면 어떤 일이 있었지요? 구체적으로 말해봐요."

"우리가 이제 막 대학에 입학해서 미국 시민권 획득을 준비하고 있을 때였죠. 당시 태식이는 집안의 사생아로 거의 밖에 얼굴이 잘 알려지지 않은 상태였어요. 그렇지만 모르는 사람이 없을 정도로 아버지의 총애를 받았죠. 아버지의 총애를 받고 있던 태식이가 어느 날인가 갑자기 집을 나와서 호텔방을 잡고 거리를 전전하기 시작했어요. 뜬금없이, 아주 갑자기 말이

죠. 그런데 그 당시 태식이와 사귀던 경채라는 여자가 있었어
요. 그 여자가 행방불명이 되어 사라질 즈음 태식이가 호텔방
을 전전한 것 같아요."

"그러니까 경채라는 여자가 사라질 즈음에 최태식 씨가 갑자
기 집을 나와 거리 생활을 시작했다고요?"

"네, 그래요. 그리고 그녀가 아예 영영 실종자로 잠정적으로
결론이 나자 그제야 집으로 돌아가더군요."

"흠, 그럴듯한 가설이군요. 하지만 가설은 가설일 뿐 증거가
없잖아요?"

"증거 있습니다."

"…증거가 있다고요?"

"태식이가 집을 나왔을 즈음 경채도 집을 나왔어요. 그리고
두 사람이 서로 놀러 다니면서 찍은 사진을 친구들에게 자랑하
기도 했대요."

"그게 언제죠?"

"핸드폰 카메라가 막 나왔을 무렵이니까 2003년도가 되겠네
요."

"2003년에 실종된 여자라……."

"확실해요. 함께 여행을 떠났다가 경채만 사라지고 태식이는
돌아왔어요."

"…그렇군요."

"헌데 태식이가 집을 나간 것이 비단 그때뿐만이 아니었다는 것이 문제였어요. 그가 사라지고 다시 돌아오면 꼭 사람이 죽거나 사라졌어요. 뭔가 이상하지 않아요?"

"확실히 그렇군요."

"어쩌면 내가 모르는 사람들도 죽었을지 모르죠."

그녀는 고개를 끄덕였다.

"좋습니다. 제가 한번 조사를 해보도록 하지요."

"그래요, 아무리 내가 죄를 지었다고 해도 양심에 찔리는 일은 없었으면 해요. 그래서 얘기한 겁니다. 형사님께서 알아주셨으면 좋겠네요."

그가 조금은 개과천선한 것일까?

추나희는 아주 옅은 미소를 지으며 그를 경찰서까지 인도했다.

*　　　　*　　　　*

지성준의 증언에 의하면 최태식이 호텔방을 전전하던 시기가 2003년이라고 했다.

지금으로부터 12년이나 지난 일이라서 그 흔적을 찾는 일 자체가 쉽지는 않았지만, 아무리 오래 지나도 없어지지 않은 기록이 있다.

2003년 당시 한국에는 이른 바 '미니홈피' 열풍이 젊은이들을 강타하고 있었다.

길을 가던 사람에게 미니홈피의 유무를 물어보면 대부분이 미니홈피를 가지고 있다고 답할 정도였다.

이 미니홈피가 뜨거운 성원을 받을 수 있던 것은 신종 SNS의 등장 때문이었는데, 당시만 해도 한국에는 블로그라는 개념이 그리 많지 않았다.

스스로의 추억을 인터넷에 공유하고 그것으로 사람들의 관심을 받는 일이 쉽지 않았다는 얘기였다.

하지만 이 미니홈피가 나오면서부터 인터넷에 자신의 취미를 공개하고 인터넷 동호회와 연동하여 첨예한 인맥 라인을 구성할 수 있게 된 것이다.

추나희는 윤경채가 사용하던 미니홈피의 데이터를 바탕으로 수사를 시작했다.

그녀는 이제 막 폐쇄 선언을 하고 데이터베이스를 고객들에게 나누어주고 있는 미니홈피 회사와 접촉했다.

원칙적으로는 개인의 사생활 정보를 공개할 수 없는 규정이 있었지만 이미 회사는 문을 닫기 직전이었다.

불필요한 잡음이 생기는 것을 원치 않던 미니홈피 회사는 그녀에게 해당 자료를 모두 넘겨주었다.

덕분에 추나희는 그녀가 가지고 있던 모든 정보를 고스란히 받을 수 있게 되었다.

늦은 밤, 그녀는 윤경채가 꾸미고 가꾸어놓은 미니홈피에 접속했다.

미니홈피에서는 4인조 발라드 그룹 빅마마의 'Break away'가 흘러나오고 있었다.

그녀의 미니홈피의 전경은 서정적이고 슬픔을 강조하는 이모티콘으로 가득 채워져 있었다.

그리고 사진첩에는 유난히도 우는 모습의 여자가 많이 들어 있었다.

그중에서도 단연 압권은 스스로 눈물을 흘리며 셀카를 찍은 '눈물 셀카'였다.

추나희는 눈물 셀카를 발견하곤 몸이 살짝 뒤틀리는 것을 느꼈다.

"…흑역사군. 고인에겐 참으로 미안하게 되었어."

누구나 살아가면서 창피한 기억을 하나쯤 만들게 되게 마련이다.

아마도 그녀는 감수성이 한참 예민하던 시절에 자신의 눈물을 인터넷에 호소하고 싶었던 것인지도 모른다.

일이야 어찌 되었던 간에 가히 보기 좋은 사진은 아니었다.

그녀는 사진첩에서 삭제 버튼을 눌렀다.

"이런 것을 두고 수습이라고 하는 거지. 아마 지하에서 나에게 고마워하고 있을지도 모르겠어."

추나희는 자신이 고인의 뒤를 수습해 주었다는 생각에 조금
은 뿌듯한 느낌이 들었다.

이윽고 그녀는 윤경채의 추억이 들어 있는 사진첩 '여행'을
클릭했다.

추억 : 오빠와의 여행

나머지는 비공개로 되어 있고 딱 하나, 당시의 연인이던 최태
식과의 여행에서 찍은 사진이 담긴 사진첩만 공개되어 있었다.

이러면 안 되는 일이라는 것을 잘 알지만 사람이라는 것이
결코 그렇지가 못하다.

추나희는 비공개로 되어 있는 사진첩을 열어 그 안의 내용을
확인해 보았다.

과거 : 그놈들과의 여행
과거 : 그녀들과의 여행
과거 : 혼자만의 여행

그녀는 자신이 쌓아온 모든 기억을 사진으로 남겨 평생 간
직하고 싶었던 모양이다.

추나희는 그녀가 지금까지 다닌 여행지에 대해서 전부 다 훑어보았고, 그녀가 관계를 맺은 친구와 남자들에 대해서도 알아보았다.

당시 그녀는 총 15명의 남자를 만났고 전부 깊은 관계까지 발전했다.

특히나 눈에 띄는 것은 그녀가 유난히도 남자와 침대에서 디지털카메라로 찍은 사진들이 많다는 점이었다.

"…나중에 이것이 열렸다면 거의 재앙 수준의 문제가 일어났겠는데?"

추억을 중요시하는 사람들 중에는 지나간 연인에 대한 것을 소중하게 간직하고 있는 경우가 있다.

아마도 윤경채도 그런 사람 중 하나인 모양이었다.

그런데 그녀는 윤경채의 남자들을 쭉 훑어 내려가다가 지성준에 대한 내용도 확인할 수 있었다.

그제야 그녀는 지성준이 어째서 두 사람의 밀월여행까지 자세히 알고 있었는지 파악할 수 있었다.

"그래, 전 연인이 친구와 붙어먹는 꼴이 눈꼴시었던 것이겠지."

추나희는 이제 최태식과 그녀가 함께 다닌 곳에 대해 자세히 알아보기로 했다.

그 두 사람이 가장 첫 번째로 간 여행지는 목포시장, 그 이후에는 남해안을 전부 다 훑듯이 지나다녔다.

남해안의 여정이 끝날 때쯤엔 부산에서부터 강원도 양양에 이르는 동해안 투어를 다닌 것으로 보였다.

그러다 그녀는 최태식이 자신을 일본으로 납치해 데리고 가겠다고 선언한 내용을 적어놓았다.

오사카 여행, 꺄악! 신난다!

그녀는 최태식이 구매해 놓았다는 비행기 티켓을 사진으로 찍어 사진첩에 저장해 두었다.

"이 아가씨, 아주 좋은 정보를 남겨두었군."

윤경채의 흔적이 오사카 여행을 끝으로 사라졌으니 살해를 시도했다면 일본에서 윤경채를 살해한 것으로 보였다.

그녀는 해당 비행기 티켓을 가지고 항공사를 찾아가기로 했다.

＊　　　　＊　　　　＊

한국항공을 타고 오사카로 여행한 최태식과 윤경채는 곧바로 인근의 작은 호텔로 향한 것으로 보였다.

오사카 '미쯔라 호텔'에는 2000년도 초반에서 2010년 초반까지의 숙객 명부가 아직 남아 있었는데, 이제 곧 폐기할 예정이라고 말했다.

"호텔의 규정상 10년에 한 번씩 숙객 명부를 갈아치웁니다. 자세한 내용은 들어 있지 않지만 투숙객의 이름과 신상명세 정도는 들어가지요."

"그렇다면 이 두 사람의 신성명세에 대해서도 들어 있나요?"

"잠시만 기다려주십시오."

미쯔라 호텔의 지배인이자 사장인 코타로 미쯔라는 두 사람의 이름을 토대로 숙객 명부를 뒤지기 시작했다.

하지만 2003년의 투숙객 중에는 한국인의 이름으로 된 여행객을 찾아볼 수가 없었다.

"이상하군요. 두 사람, 한국 사람 맞습니까?"

"물론이죠."

"그렇다면 번지수를 잘못 찾은 것이 아닌가 싶습니다."

"그럴 리가 없는데……. 분명 미쯔라 호텔의 운치가 좋다고 적혀 있었단 말입니다."

오사카에서의 마지막 사진첩에는 미쯔라 호텔의 바닷바람이 상큼하고 운치가 있다고 적혀 있었다.

그렇다는 것은 두 사람이 분명 이곳에 투숙했다는 소리다.

추나희는 코타로 미쯔라에게 신용카드 사용 내역에 대해 물었다.

"혹시 신용카드를 사용했는지 현금을 지불했는지에 대해서도 알 수 있습니까?"

"물론이지요. 이름만 알 수 있다면요."

"…박춘태요. 박춘태라는 이름이 있습니까?"

"박춘태라……. 잠시만 기다려주세요."

박춘태라는 이름에 대해서 전해 들은 그는 재빨리 명부를 넘겼지만 여전히 기록을 찾을 수 없었다.

"없네요."

"흐음."

가만히 생각에 잠겨 있던 그녀는 한 가지 번뜩이는 생각을 해냈다.

"그렇다면 혹시 평화그룹이라는 법인명을 가진 카드를 사용했는지 알아봐 주세요."

"평화그룹이라……."

코타로 미쓰라는 조금 석연치 않은 얼굴로 기록지를 넘기다가 이내 손을 멈추었다.

"어, 어라?"

"있나요?"

"네, 있네요. 평화그룹이 한국의 법인회사가 맞지요?"

"그래요. 한국의 평화그룹! 평화그룹의 법인카드가 사용되었군요."

그녀는 그제야 최태식의 카드 사용 내역이 잡히지 않은 이유를 알 수 있었다.

'법인카드를 사용했으니 당연히 혐의점을 찾을 수가 없었던 것이군. 용의주도한 놈이야.'

회사의 법인카드는 회사를 통하여 발급되지만 누가 법인카드를 사용했는지까지는 정확히 알아낼 수가 없다.

다만 사용처를 알아내는 것은 가능하지만 그것만 가지고 혐의를 입증하는 것은 불가능한 일이었다.

이러니 가장 첫 번째 용의자로 지목되었어야 할 최태식이 용의선상에서 교묘히 빠져나가 경찰 조사를 받지 않게 되었던 것이다.

과연 이런 청사진을 어떻게 완성할 수 있었던 것인지는 알 수 없지만 최태식이 생각보다 치밀한 구석이 있다는 것만은 확실했다.

이제 그녀는 이곳 오사카에서부터 그들이 어떻게 여행했고 어떻게 움직였는지 조사를 해나가야 할 것이다.

그녀는 코타로 미쯔라에게 물었다.

"이 근방에서 가장 맛있기로 유명한 식당 몇 개만 알려주시겠어요?"

"메뉴는요?"

"상관없습니다. 아, 되도록이면 일본 전통식에 가까운 곳만

추천해 주세요. 특히나 관광객이 좋아할 만한 곳으로요."

"알겠습니다."

그는 추나회에게 대략 열 개 정도의 맛집을 알려주었고, 그녀는 곧장 그곳으로 달려갔다.

*　　　*　　　*

오사카 미쯔라 호텔의 뒷골목.

"어서 오십시오!"

전통 방식의 수타 우동과 덴푸라를 전문으로 취급하는 우동집은 미쯔라 호텔 인근 상권에선 가장 유명한 곳이다.

추나회는 이곳으로 들어가 자리를 잡고 앉았다.

"튀김우동 한 그릇 주세요."

"네, 알겠습니다!"

주인장의 시원시원한 말투와 현란한 손놀림은 이곳을 찾는 사람들에게 또 다른 재미를 선사했다.

타악, 타악!

칼이 도마 위에서 춤을 추는 경쾌한 소리와 함께 시작되는 요리는 식사를 하던 사람도 멈추도록 만들었다.

아마도 이런 볼거리 때문에 이곳이 가장 유명한 명소로 자리 잡게 되었을지도 모른다.

그녀는 테이블에 앉아서 가게의 벽면을 자세히 들여다보았다.

우리 왔다 가요! —2001년 5월…

가게의 벽면에는 수많은 사람들이 새긴 글귀와 폴라로이드 기념사진이 줄을 지어 늘어서 있었다.

남들에게 자신의 여행과 행복을 자랑하는 것을 하나의 취미로 여기던 그녀가 이런 곳을 그냥 지나칠 리 없었다.

추나희는 기념사진을 따라서 천천히 눈을 굴리기 시작했다.

'보자……'

허리를 푹 숙인 채 기념사진을 찾아서 쪼그려 걷던 그녀는 이내 한 지점에 머물러 섰다.

한국에서 오빠와 함께! —2003년 9월 21일

그녀는 아주 빛바랜 사진 하나를 새끼줄에서 떼어냈다.

"찾았다. 여기에 있었군."

그들은 이곳에서 식사를 하고 다른 행선지를 찾아가기 위해 준비했을 것이다.

과연 그곳이 어디인지 알 수는 없었지만, 일단 단서를 하나 찾아냈다는 것이 중요했다.

"튀김우동 나왔습니다!"

"네, 가요!"

그녀는 푸짐하게 차려진 튀김우동을 한 젓가락 집어 먹었다.

후루루루룩!

"으음, 맛있다!"

"맛있지요? 젊은 손님들이 맥주와 함께 가장 많이 즐기는 메뉴이지요."

"맥주요?"

"한 잔 드릴까요?"

"네, 주세요."

맥주를 좋아하는 사람이라면 우동과 함께 반드시 한 잔 걸칠 것 같다고 생각한 추나희였다.

주인장은 그 마음을 어떻게 알고 귀신같이 그녀에게 맥주를 권한 것이다.

생맥주 기계에서 맥주를 쭈욱 뽑아낸 주인장은 아주 자랑스럽게 말했다.

"우리 아들이 이 근처 맥주공장에서 주임으로 일한답니다. 덕분에 매일 신선하고 시원한 맥주를 마실 수 있지요."

"맥주공장이요?"

"일본 켄타 맥주의 공장이 이곳에 있습니다. 때문에 우리 집에서 맥주를 마시면 반드시 그곳으로 견학을 가곤 하더군요.
그 인근에는 생맥주를 직접 받아서 장사하는 술집도 많고요."

"아하⋯⋯."

그녀는 다음 행선지를 어디로 정해야 할지 알 것 같았다.

✳　　　✳　　　✳

일본 켄타 맥주는 열도의 맥주 시장 50% 이상을 점령하고
있는 대기업이었다.

수많은 켄타 맥주의 공장이 일본 전역에 넓게 분포하고 있었
지만 그중에서도 가장 유명한 곳이 바로 이곳 오사카였다.

오사카의 맥주공장은 방문객 중에서도 20층 높이의 발효타
워를 모두 다 등반하는 사람들에 한해 생맥주를 무료로 나누
어주었다.

공장에서 갓 뽑아 올린 생맥주를 20층 높이의 발효타워 꼭
대기에서 마시는 풍미란 가히 일품이었다.

추나희는 이곳을 필시 다녀갔을 것으로 보이는 최태식의 흔
적을 찾아서 돌아다녔다.

그런데 그녀가 걸음을 멈춘 곳은 상당히 의외의 곳이었다.

맥주공장 사무실 앞에는 자회사의 스폰서와 협력업체의 광
고 포스터가 붙어 있었는데, 그중에서 가장 눈에 띄는 것은 평

화건설의 포스터였다.

일본 최고의 배우이자 모델 '레이나 카시즈키'가 전속모델로 되어 있는 평화그룹의 포스터는 협력업체와 스폰서의 광고란 모두를 차지하고 있었던 것이다.

그제야 그녀는 그가 어째서 오사카로 흘러들었는지 충분히 이해할 수 있었다.

'협력업체이니 일을 도모하기가 좋았을 테지.'

그녀는 이곳에서 사건이 벌어졌다는 가정 하에 주변을 탐문하기 시작했다.

오사카 공장은 일본 최대 규모이기 때문에 인적이 드문 곳은 얼마든지 존재하고 있었다.

심지어 사람이 잘 지나다니지 않는 골목에 벌써 통행금지가 10년이 넘게 걸린 곳도 있었다.

그녀는 살해가 일어났을 만한 곳을 탐색하다가 가장 적합한 곳을 발견해 냈다.

위이이잉!

길고 긴 컨베이어벨트가 달린 공장의 한 귀퉁이에선 공병이 외부에서 들어오고 있었는데, 이곳은 선착장과 직결되어 있었다.

그러니까 이곳에선 배가 들어올 수도 있고, 나갈 수도 있다는 뜻이었다.

"만약 이곳에서 일을 저질렀다면 처리가 아주 쉬웠겠군. 소음 또한 상당히 심했을 테니 사람이 죽었다고 해도 절대로 모르겠어."

추나희는 이곳에서 상상력과 프로파일링 능력을 최대한 발휘해서 범죄자의 동선을 파악해 나가기 시작했다.

짙은 안개 속을 거닐 듯이 혼자서 움직이던 그녀에게 한 사내가 다가왔다.

"무슨 일이십니까? 이곳은 관계자 외엔 출입이 금지되어 있습니다만……."

그녀가 고개를 돌려보니 오사카 공장의 로고가 붙은 작업용 점퍼를 입은 중년인이 서 있다.

추나희는 그에게 다가가 자초지종을 설명했다.

"살인사건에 대해 조사하고 있습니다. 한국 경찰청에서 나온 추나희 경감이라고 합니다."

"경찰이라……. 지금까지 우리 공장에선 불미스러운 일이 한 번도 벌어진 적이 없습니다만?"

"물론 그렇지요. 지금까진 그렇게 알고 계셨겠습니다만 알고 보니 이곳의 협력업체 관계자 아들이 살인을 저지른 것 같습니다."

"…살인이라니? 이곳은 오사카입니다. 살인을 저지르자면 굳이 공장이 아니라도 장소는 많습니다. 그런데 왜 하필 이곳이란 말입니까?"

"이곳에 처음 오는 한국인이 살인을 저지르자면 연고자나 연고지는 필수입니다."

"범인이 이곳을 잘 알고 있기 때문에 굳이 공장을 고른 것이다?"

"말하자면 그렇지요."

"흠……."

"그럼 이젠 제가 역으로 묻겠습니다. 혹시 2003년 당시에도 이곳에 계셨나요?"

"물론입니다. 저는 이곳 공장에 무려 30년을 근속했으니까요."

"30년 동안 근속하셨다면 공장에 대해서는 물론이고 회사에 대해서도 모르는 것이 없겠군요?"

"당연하지요."

그녀는 최태식의 사진을 보여주며 말했다.

"언젠가 이런 사람이 공장을 찾아오지 않았습니까?"

"으음, 이 사람은……?"

"이 회사의 파트너인 평화그룹의 오너 아들입니다. 아마도 성씨는 다르지만 꽤나 사이가 좋았을 겁니다."

가만히 사진을 바라보던 그는 작게 고개를 끄덕였다.

"아아, 그래요. 이제 보니 낯이 익은 것 같네요. 제가 아직

부장이던 시절 이런 사람이 찾아온 적이 있었지요."

"부장이요?"

"저는 이곳 맥주공장의 기술이사입니다."

"그렇군요. 어쩐지 공장에 대한 자부심이 대단하다고 느껴졌습니다."

그는 사진 속에 나온 최태식에 대해 말하기 시작한다.

"회장님 아들이라고 아주 멋대로 굴던 것이 기억나는군요. 틈만 나면 코를 킁킁거리기도 한 것 같고."

"그래요?"

"언제 한 번은 여자 친구인지 뭔지 하는 아가씨를 함께 데리고 온 적도 있었지요."

순간 그녀는 무릎을 쳤다.

"맞아요! 그 아가씨! 그 아가씨가 바로 피해자입니다!"

"…꽤 귀한 집 자제인 것 같던데요?"

"자식 중에 귀하지 않은 사람도 있겠습니까만, 사회적 지휘와 신분을 따진다면 확실히 고귀한 혈통이긴 하죠."

"그렇군요. 사이가 무척이나 좋아 보여서 우리는 언젠가 두 사람이 결혼할 것이라고 생각했습니다."

"그렇게 사이가 좋았나요?"

"아주 죽고 못 사는 것 같았습니다. 공장에 생맥주를 마시러 왔다면서 공장 안에서 어찌나 문란한 짓거리를 하던지, 나는 무슨 발정난 개 두 마리가 공장에 들어온 줄 알았지 뭡니까?"

"…더더욱 몹쓸 놈이군요. 그런 일까지 벌이고 다녔다니."

"만약 형사님의 말씀이 사실이라면 그놈, 아주 미친놈이군요. 그 아가씨와 할 것은 다 하고 여기서 살해했다는 말 아닙니까?"

"이사님의 말에 따르자면 그렇게 되는군요."

"말세야, 말세!"

그녀는 켄타 맥주의 기술이사 와나타베 요시히로에게 도움을 청하기로 했다.

"회사의 간부이시라니 부탁을 좀 드리겠습니다. 일본 경시청과 공조수사를 하기엔 아직 증거가 부족하거든요."

"제가 무엇을 도와드리면 되겠습니까?"

"그가 이곳에 온 흔적이나 기록 같은 것을 찾아주셨으면 합니다. 또한 이곳으로 들어오는 배편 중에서 한국에서 온 배가 있었는지 알아봐야 합니다. 아무래도 이곳에서 배를 통해 시신을 빼낸 것 같거든요."

"…빌어먹을 놈이군요. 우리 공장을 더럽게 만들어놓다니 제가 도와드리겠습니다."

그는 자신의 신분증과 함께 명함을 한 장 건넸다.

"이것을 가지고 공장을 돌아다니면서 마음껏 수사하십시오. 제 손님이라고 말씀하시고 신분증을 관리실에 보여주면 아마

통행증을 발급해 줄 겁니다."

와나타베는 자신의 명함에 친필로 서명까지 넣어 건네주었고, 그녀는 감사의 인사를 올렸다.

"감사합니다! 혈혈단신으로 어떻게 수사를 하나 막막했는데 이제야 좀 살 것 같네요."

"우리도 공장에서 시끄러운 일이 벌어지는 것은 원치 않습니다. 이제 막 오사카 공장 이사장으로 부임할 참인데 흠이 생기면 저에게도 좋지 않거든요."

"아, 그런 사정이……."

"아무쪼록 서로 잡음이 없도록 조심하도록 하죠."

"명심하겠습니다."

두 사람은 서로 악수를 나누었다.

5. 게임 지존

　태하는 주말을 맞아 사촌여동생인 태희의 집을 방문하고 있었다.

　지금 그는 눈코 뜰 새도 없이 바빴지만 집안일을 등한시할 수는 없었다.

　이제 집안에서 유일한 남자이고 최고의 연장자이기 때문이다.

　그는 태희의 집을 찾아가면서도 계속 어두운 표정이 되어 있었다.

　"휴우, 녀석 참."

그녀는 아직까지 누군가의 관심과 보살핌이 지극히 필요한 시기였다. 그녀는 마약과 각종 부작용에 찌들어 있었으며 중독에서 벗어난 지는 얼마 되지 않았다.

마약에 중독되었을 당시에는 몸까지 팔아가며 약에 절어 있었으니 그 후유증은 쉽사리 없어지는 것이 아니었다.

태희는 외상 후 스트레스 장애가 아직까지 남아 치료를 받고 있었는데 뭔가에 중독되면 헤어 나올 수 없다는 것이 심각한 문제가 되고 있었다.

최근 태희는 게임에 중독되어 있었는데 그저 방관할 수가 없는 수준이었다.

물론 마약에 절어 있는 것보다는 낫겠다 싶겠지만 하루에 20시간 넘게 게임만 붙들고 있으며 하루에 컵라면 하나, 혹은 커피로만 연명하고 있었다.

태하는 얼마 전 본 카지노 도박 중독자의 일상이 기억났다.

커피만 마시며 살다가 끼니를 놓치기 일쑤였고, 그 탓에 갑자기 척추뼈가 무너져 내려 장애인이 되어버렸다는 이야기였다.

벌써 몇 개월째 그렇게 살고 있는 태희였기에 특단의 조치가 필요했다.

딩동!

"……."

탕탕탕!

"꺼져 버려!"

"……!"

태하는 그녀의 상태가 상당히 심각한 지경에 이르렀다는 것을 알 수 있었다.

주말이라 휴식까지 반납하고 찾아왔건만, 동생의 상태가 이 정도로 나빠졌다는 것은 태하를 절망케 했다.

아파트 앞인 여기까지 퀴퀴한 냄새가 진동하고 있었다.

"인마! 문 열어!"

탕탕탕!

"아, 짜증 나게 정말."

피골이 상접해 가는 여동생이 모습을 드러냈다.

대학을 다니던 시절에는 최고의 인기를 구가했던 그녀인 만큼 괜찮은 외모를 지니고 있었으나 최근에는 집에 틀어박혀 게임만 하는 바람에 꼴이 말이 아니었다.

엉덩이를 벅벅 긁으며 담배를 피우고 있는 모습은 그야말로 게임중독자의 얼굴 그대로였다.

태하는 한숨을 내쉬었다.

"들어가도 될까?"

"그래도 좋은데, 조용히 해줘. 인던에 있으니까 절대로 떠들면 안 돼."

"조용히까지 해야 해?"

"당연하지. 내가 메인탱인데 정신 팔려 있으면 파티가 몰살이야."

"메인탱? 그게 뭔데?"

"말로 설명하자면 좀 길어."

게임에 대해선 젬병인 태하에게 탱커라는 말이 익숙할 리가 없었다.

하지만 그녀는 자세한 설명 없이 그냥 마이크를 썼다.

"어머, 죄송해요. 손님이 찾아와서요."

—은빛고래 님, 남자 목소리가 들린 것 같은데요?

"호호호! 설마요. 그냥 사촌오빠인데 김치 주러 왔어요."

—그럼 가시죠.

"다음 방으로 가요. 원딜 님, 거리 유지해 주시고요, 보조탱 님은 1분 후에 정확하게 보조해 주세요."

—알겠습니다.

"저건 뭐……."

그야말로 게임 속에서 무엇이든 해결하고 있는 모습이었다.

그녀는 게임 속에서 중요한 존재였다. 그 때문에 헤어나지를 못하고 있는 것이다. 이것은 단순히 중독된 정도가 아니라 완전히 그 세계에 빠져서 현실과 동일시하고 있었다.

태희에게는 그것이 인생이었다.

"정말 정도가 있지."

태하는 천천히 사태를 관망하기로 했다.

근 두 시간에 이르는 시간 동안 태희는 인던을 클리어하였고, 겨우겨우 쉬는 시간이 되었다.

"라면 하나씩 빨고 해요."

―좋은 생각입니다. 담배 타임도 가져야 하고요.

"그럼 10분 후에 뵙겠습니다."

그녀는 통신을 종료했다.

"어라? 오빠, 아직도 안 갔어?"

"…이렇게 살아도 괜찮아?"

"뭐, 어때? 그래도 회사에서 할 일은 다 하고 살아. 그러니 걱정할 필요 없어."

"……."

태하는 눈살을 찌푸렸다. 하지만 그녀는 그런 그에게 별 관심이 없는 모양이다.

"그나저나 무슨 볼일이야? 없으면 이제 그만 가보는 것이 좋겠어. 오빠가 있으니까 집중을 잘 못하겠네."

"…정말 게임 좀 줄여. 너무 지독하잖아?"

"괜찮아. 오빠가 상관할 영역은 아닌 것 같아."

"……."

그녀는 태하에게 라면을 권했다.

"먹을래?"

"뭘?"

"라면."

"그러다 몸 상해. 정말 괜찮겠어?"

"신경 쓸 필요 없다니까 그러네."

태하는 한숨을 내쉬었다.

이제 태하에게 그녀는 가족이고 지켜야 할 동생이며 법적으로는 그녀의 후견인이 되어 있었다.

후견인으로서 이대로 넘어갈 수는 없었다.

"밥 먹으러 가자."

"싫어."

"돈 끊는다."

"…자꾸 그럴 거야? 갑자기 왜 이러는 거야? 이유가 뭔데?"

"내가 너의 후견인이니까."

"……."

"가자."

"싫어! 게임이나 하게 내버려 둬! 나더러 이것도 하지 못하면 그냥 죽으라는 소리야?"

태하는 팔짱을 낀 채로 그녀를 바라보고 있었다. 이번에는 어떠한 말을 들어도 굽히지 않을 생각이다. 그래야만 했다.

태희는 한숨을 내쉬었다.

"한 시간이야."

"그래, 한 시간."

태희는 마이크를 잡았다.

"님들, 저는 이번 타임에 못 들어가요. 다음 타임에 들어가도록 해요."

─은빛고래 님이 못 오시면 도저히 안 되는데……

─탱딜이 있어야 하잖아요?

"사정이 그리 되었어요."

─어쩔 수 없죠. 한 시간 동안 기다릴게요.

─사냥이나 하면서 기다리죠, 뭐.

태하는 어처구니가 없다는 표정을 지었다. 뭐 이런 인간들이 다 있나 싶은 것이다.

어쨌거나 태하는 태희와 함께 있을 수 있는 시간을 얻었다.

"가자."

"뭐 사줄 건데?"

"무조건 영양 보충."

＊　　　　＊　　　　＊

치이이이이익!

꽃등심이 익어가고 있다.

태희는 고기가 채 익기도 먹기에 바빴다. 이것은 익힌다기보다는 그냥 불에 대는 수준이었다.

물론 최고급 한우였기에 신선도가 뛰어나 원래는 육회로 먹기도 했다. 그러니 불만 댄다고 해서 큰 문제가 생기는 것은 아니었다.

"쿨럭!"

"천천히 먹어."

그녀는 물을 한 컵 들이켰다.

"꺼억! 언제 이렇게 먹겠어. 먹을 수 있을 때 많이 먹어야지."

"게임을 적당히 하면 되잖아?"

"게임을 어떻게 적당히 해? 나를 기다리는 수많은 사람들을 생각해야지."

"사람들? 네가 그렇게 유명해?"

"서버 1위."

"서버 1위면 대단한 건가?"

"내가 우리 서버에서 지존이라는 뜻이지."

"뭐, 뭐?"

태하는 어처구니없다는 얼굴로 그녀를 바라보았다. 지금 보니 태희가 게임을 접지 못하는 이유가 있었다.

태희는 현실에서 마약중독자라는 꼬리표가 붙어 있었지만 게임 세상에서는 지존이었다. 그 때문에 그곳을 현실이라고 생각하는 것이다.

한심함의 연속이었지만 그곳에서 그녀는 행복을 느끼고 있었다.

'그곳은 현실이 아닌데.'

게임을 현실과 동일시한다면 적당히 해야 한다. 만약 태희가 밥이라도 제때 먹고 재산을 게임에 탕진하지 않았다면 찾아오지 않았을 것이다.

그녀는 돌이킬 수 없는 늪에 빠져 있었다.

"어차피 말을 안 들을 거잖아?"

"가끔 와서 고기는 사줘도 돼."

"…생각보다 뻔뻔한데? 원래 이렇게 강적이었어?"

"이제 알았어?"

태희는 거의 5인분을 혼자 해치우고는 배를 두드렸다.

"일어나자."

"벌써?"

"인던에 들어가야 하거든."

"질렸다, 정말."

태하는 두 손 두 발을 다 들고 말았다.

＊　　　＊　　　＊

한 주가 지나가고 있다.

회사를 오가는 동안에도 태하는 여동생에 대한 일을 떨칠 수가 없었다.

폐인과 같이 살아가는 나날. 그것이 인간의 삶이라 말할 수 있을까 싶다.

태하는 금요일 저녁에 그녀의 집을 방문했다.

탕탕탕!

"누구야!"

"나야! 문 열어!"

"…또 왔어?"

끼이이이익!

"오빠 때문에 인던 못 깼잖아!"

"내가 오는 것보다 그게 중요하니?"

"나도 엄연히 지위라는 것이 있다고. 그러니 이래라저래라 충고는 사양할게."

그녀의 얼굴은 잔뜩 일그러져 있었다.

마이크에서는 여러 가지 소리가 섞여 나오고 있었다.

—은빛고래 님, 무슨 일이세요?

—갑자기 왜 집중력을 잃었어요?

—아! 클리어가 코앞이었는데!

사람들은 탄식하고 있었다.

태하는 진심으로 걱정스러웠다. 방 안에는 종이컵이 널브러져 있으며 여기저기 담뱃재가 굴러다니고 있다.

컵라면이 잔뜩 쌓여 있었는데, 하루에 하나씩 먹고 버티며 지금까지 살고 있는 것이다.

"이건 삶이 아니야."

"그런 소리 하려면 나가줘."

태하는 하는 수 없이 나가서 그녀를 설득하기로 했다.

"밥 먹자. 오빠가 맛있는 것 사줄게."

"뭐 사줄 건데?"

"꽃등심으로 할까?"

"…뭐, 그 정도면 용서할 수 있을 것 같기도 하고."

여동생은 순순히 따라나섰다.

태하는 최대한 그녀를 설득해 보아야겠다고 생각했다.

치이이이익!

저번주와 같았다.

그녀는 엄청나게 먹어대고 있고 태하는 굽기에 바빴다. 오늘도 그저 불만 대고 먹은 것이다.

"그러다 체한다."

"인던에 들어가 봐야 하거든."

"그놈의 인던! 태희야, 정신 좀 차릴 수 없냐? 언제까지 게임만 하고 있을 건데?"

"그럼 달리 내가 뭘 할 수 있겠어?"

"밖으로 나가. 너를 기다리는 사람들은 게임에만 있는 것이
아니야. 집구석에 처박혀서 게임만 하고 있는 것이 좋다고 생각
해?"

"내가 할 수 있는 일은 없어. 서버에서 나는 지존이야. 누구
든 대우해 준다고. 그런데 내가 무엇 때문에 나가야 하는데?"

"미래를 위해서."

"……."

그녀는 젓가락을 멈추지 않았다. 얼마 지나지 않아 태희가
젓가락을 내려놓았다.

"다 먹었다. 가자."

"후우, 답이 없구만."

태하는 고개를 저었다.

평범한 방법으로는 게임을 그만두지 못하게 할 것 같았다.
어떤 특단의 조치가 필요하다고 판단되었다.

적을 격파하기 위해서는 그에 대해 소상하게 알아야 하는 것
이 당연했다. 지피지기면 백전불패라고 하였다.

태하는 일단 태희가 하는 게임에 대해 알아보기 위하여 접
속하였다.

위이이잉!

―아리드 대륙에 오신 것을 환영합니다! 환상과 모험이 숨 쉬는 꿈의 공간으로 들어가 보실까요?

게임에 대해선 문외한인 태하이지만 동생을 위해서라면 특별 과외도 마다하지 않았다.

그는 PC방에서 속성으로 배운 대로 게임에 임하기로 했다.

그는 처음 키우는 캐릭터로 검사를 선택했다. 조작도 간단하였으며 키우기도 쉬웠기 때문이다.

대부분의 경우 검사는 파티에서 중요한 역할을 맡는다.

MMORPG 아리드는 조작 자체가 꽤 단순했다. 하지만 그 중독성으로 인하여 수많은 유저를 끌어들이고 있었던 것이다.

그가 들어가자 마을에 동상이 하나 있었는데 바로 사촌여동생의 것이었다.

서버 랭킹 1위 은빛고래

"허어."

서버 랭킹 1위를 하고 있는 태희였다.

현실에서는 피폐한 삶을 이어가고 있었지만 그곳에서는 그녀가 신이었다.

채팅 창에는 여러 가지 글이 올라오고 있었는데 싸움이 났다는 소식이었다.

─랭킹 1위 은빛고래 님하고 2위 서한 님하고 싸움이 났음.

─어디에?

─드래곤 삼거리.

타다다다닥

사람들은 죄다 그곳으로 몰려가고 있었다.

태하도 호기심에 텔레포트를 타고 드래곤 삼거리로 넘어갔다.

그곳에서는 수많은 유저들로 북적거리고 있었다.

은빛고래와 서한은 대놓고 욕을 주고받고 있었는데, 싸움이 나기 직전이었다.

─개자식아! 네가 먼저 스틸했잖아!

─아니거든요? 님 새끼가 먼저 스틸했거든요.

은빛고래가 달려들었다.

퍽퍽퍽퍽!

아주 단순한 조작이었으나 경쾌한 칼질을 보면 중독성이 꽤나 심각하다는 것을 알 수 있었다. 얼마 지나지 않아 누군가가 죽는 소리가 났다.

─끄어어어억!

—와아! 은빛고래 님이 이겼다!

—역시 랭킹 1위!

—감사합니다. V

은빛고래는 채팅창으로 V를 그렸다.

바로 이것이었다.

일단 태희는 장비가 너무 좋았다. 캐릭터의 레벨도 그러했지만 템 가격이 상상을 초월하였고, 그 때문에 사람들이 쉽게 범접하지 못하는 것이다.

그녀는 게임 세상이 행복해 보이겠지만, 저러다가는 몇 년 살지 못할 것이다. 사촌오빠로서, 그리고 후견인으로서 그녀를 그냥 둘 수 없는 노릇이었다.

"어쩔 수 없군."

다행히 아리드는 돈으로 모든 것을 해결할 수 있는 곳이었다.

돈만 있으면 캐릭터도 거래할 수 있었고 무기나 방어구도 거래할 수 있었다. 물론 돈으로 칠갑을 하여 눕히려는 것은 아니다.

'게임을 접게 하기 위해서는 아예 그 원천을 없애 버리는 것이 중요하지.'

태하는 그리 생각하였다.

그의 계획은 이랬다.

태희를 무언가로 꾀어내어 고가의 아이템을 잃어버리게 하는 것이다. 그리한다면 랭킹에서도 멀어지고 게임도 접지 않을까 생각했다.

그는 생각을 굳혔다.

"그 방법밖에는 없지."

그는 이 방면으로 가장 뛰어난 사람을 섭외하기로 했다.

그는 해커 챕스틱에게 연락했다.

ㅡ어쩐 일이야?

"부탁 하나만 하자."

ㅡ뭔데?

"인터넷으로 구매할 물건이 있어서 그래."

ㅡ물건?

태하는 그에게 자세하게 설명했다.

여동생이 게임에 중독되었고, 그곳에서 벗어나게 하기 위해서는 특단의 조치가 필요하다는 것이었다.

그날 저녁.

태하는 레벨 1짜리 캐릭터에 전설의 검 12강을 받아 들었다.

챕스틱은 고맙게도 태하를 돕겠다고 하였는데, 그들은 노트북 두 대를 놓고 상의하였다.

"이 검이 5천이야."

"허어, 현금 5천이란 말이야?"

"서버에 한 자루밖에 없고 앞으로도 나올 가능성도 희박하지. 원래는 한 7~8천 정도 하는 모양이야. 하지만 게임에 그만큼 투자하는 미친 인간은 없지."

"5천짜리 검이라……."

낚시를 위해서는 고기가 좋아하는 먹이를 꿰어놓아야 한다.

서버 랭킹 1위의 태희라도 이 검을 보면 환장하지 않을까 싶다.

그의 계획은 이랬다.

게임 세상에는 카오틱이라는 것이 존재하였다. 사람을 죽이고 나면 바로 수치가 하락하는데, 그리 되면 경비병의 공격을 받게 된다.

카오틱이 되면 사망 시에 랜덤으로 아이템을 떨어뜨리게 되기에 PK를 할 때에는 PK존에서 하거나 상당한 위험을 감수할 수밖에 없다.

그는 캐릭터를 생성했는데, 이름은 젖소였다.

"속을까?"

"일단 밤에 젖소로 변신하고 난 후에 그 앞에 있으면 혹시 모르지."

태하는 이런 식으로 계획을 짰지만 확신할 수는 없었다. 그래도 만약 12강 전설의 검을 태희가 먹으면 누구도 범접할 수 없는 아우라를 풍기기에 충분히 낚시가 가능할 수도 있다고 생각하였다.

"그럼 시작해 보자고."

"마침 태희 씨가 도착했네."

태희는 마을에서 물약을 사고 있었다.

낚시 스타트다.

*　　　*　　　*

태희는 사냥을 가기 위하여 마을에 들러 물약을 구입하고 있었다.

마을에서는 보는 사람들마다 그녀에게 인사를 했다.

—안녕하세요, 은빛고래 님!

—반갑습니다.

—이번에 싸움 봤어요. 정말 대단하세요.

—이런 것을 가지고 뭐.

—언제 한 수 부탁드립니다.

—언제든지요.

사람들이 귀찮을 만도 하였지만 태희는 그 상황을 즐겼다.

꼬르르르륵!

배가 고팠지만 그것도 잊었다. 원래 이 시간쯤이면 배가 고

프다. 그리고 좀 시간이 지나다 보면 배고픔도 가시게 마련이다.

그녀는 잠시 주변을 둘러보았다.

"라면이 다 떨어졌지."

하루 정도는 굶어도 괜찮을 것이다. 게임을 하다 보면 굶는 경우가 허다하였기 때문이다.

그녀는 이제 막 사냥터를 벗어나려 하였다.

"뭐, 뭐야?"

마을 입구에 떡하니 검 하나가 떨어져 있었는데 눈을 의심하게 하는 대목이다.

전설의 검

"저, 전설의 검!"

지금 태희가 가지고 있는 전설의 검이 9강이었다. 이것만 하여도 시가 2천 만 원에 달하였다. 물론 지금 떨어진 것은 노강이었지만 엄청난 가격임에는 틀림없었다.

다행히 주변에는 사람이 없었다.

타다다다닥!

태희는 무조건 질주했다.

아마 어떤 유저가 카오틱으로 경비병 앞에 온 모양이다. 제 아무리 강해도 경비병은 죽일 수 없게 되어 있었다.

검이 바닥에 있을 때, 갑자기 젖소가 나타나 그것을 집어 먹었다.

"저런 미친!"

원래 이 세계의 동물들이 아이템을 집어 먹기는 한다. 그리고 동물을 죽이면 아이템을 토했다.

태희는 인정사정 보지 않았다.

그녀는 젖소에게 칼질을 하였다.

툭!

―끄어어어억!

"뭐야?"

갑자기 그녀의 캐릭터가 붉게 변하였고, 카오틱을 감지한 경비병이 창을 휘둘렀다.

후우우웅!

퍼어어억!

―끄어어어억!

툭

찰카닥!

그야말로 순식간에 일어난 일이었다.

젖소를 죽이자 경비병이 그녀를 죽였다. 그리고 검을 떨구었다.

"대체 이게……!"

그녀는 리스를 하였고, 마을로 돌아와 멍한 표정을 지었다.

손이 부들부들 떨렸다.

지금 떨어진 것이 바로 9강 전설의 검이었다.

"아아아아악!"

그녀는 비명을 질렀다.

하지만 가능성은 있었다. 뭐가 어떻게 된 일인지는 몰라도 만약 그곳에 검이 남아 있다면 먹을 수 있을 것이다.

바닥에는 뭔가 떨어져 있었는데 무려 12강 전설의 검이었다.

"뭐, 뭐야?"

이상한 일이었다.

"버그인가?"

그녀는 9강 검을 잃었다. 하지만 지금 보니 그것이 12강으로 둔갑해 있었던 것이다.

태희는 물약을 빨고 전진했다. 경비병에게 죽지 않고 그것을 먹어야 했다. 그리하려면 물약을 들이켜면서 검을 주워 먹어야 하는 것이다.

그녀가 다가갔을 때, 젖소 한 마리가 다가와 그것을 먹고 있다.

"저 자식이!"

그녀는 다시 젖소에게 칼질을 하였고, 이번에는 레인저의 활에 맞아 죽었다.

—끄어어어억!

"아아아악!"

이번에는 방어구를 떨구었다.

그녀가 입고 있던 전설의 갑옷 10강은 전 서버에 매물도 없는 희귀한 것이었다. 그런데 그것을 잃고 만 것이다.

풀 카오에 두 번이나 누워 랭킹도 떨어졌다.

"이럴 수가……."

눈에서 눈물이 흘러내렸다.

*   *   *

태하와 챕스틱은 쾌재를 부르고 있었다.

"나이스!"

"이야, 대장! 역시 대장이야! 머리 한번 비상하다니까!"

그들은 손뼉을 마주쳤다.

어떻게 보면 계획이 엉성할 수도 있었는데 보기 좋게 성공하였다. 누구라도 시가 5천이 넘는 검을 보면 위험을 감수하려할 것이다.

태하는 이 점을 노렸다.

"하지만 그녀가 멀쩡할까? 거의 반 미치는 것 아닌지 몰라."

"정신에 심각한 데미지를 입었겠지."

"회복이 불가능하겠어."

태하는 어쩐지 양심이 심각하게 찔렸다.

지금 태희는 심각한 지경에 처해 있었다. 어쩌면 살아갈 의욕까지 잃을 수도 있었다. 그전에 조치를 취해야 했다.

"위로라도 해줘야겠어."

"그래, 어떻게든 이겨내겠지."

태하는 집을 나섰다.

그가 벌인 일이니 끝까지 책임을 지는 것은 당연한 일이었다.

딩동딩동!

태하는 벨이 울려도 태희가 나오지 않자 문을 두드렸다.

탕탕탕!

"태희야!"

"……."

태희에게서는 어떤 대답도 없었다.

그녀에게 있어 게임은 세상을 살아가는 이유였다. 맹목적이었으며 지존으로 군림했다. 그런데 그것이 한순간에 무너져 내렸다.

게임에 중독된 적은 없지만 충분히 이해가 되었다.

태하는 문을 강제로 따고 들어갔다.

"야!"

<u>"흐으으윽."</u>

태희는 울고 있었다.

바닥에 널브러져 힘이 빠진 얼굴로 눈물을 흘리고 있었는데, 힘이 없어 일어나지도 못하고 있었다.

"후우, 뭐 좀 먹자."

"살기 싫어."

"일단은 먹자. 내가 돈을 찾을 수 있는 방법을 알아볼 테니까."

태하는 태희를 억지로 일으켜 근처 국밥집으로 향했다.

*   *   *

"……."

태희는 국밥에 손도 대지 않고 있었다.

태하는 억지로 그녀에게 수저를 쥐어주었다.

"먹어라. 먹어야 살지."

"내가 왜 살아야 하는지 모르겠어. 먹으면 뭐 하겠어? 내가 알고 있는 세상이 무너져 내렸는데."

"그곳이 무너졌다고 해서 현실이 무너진 것은 아니잖아."

"오빠는 나를 보고도 몰라? 거기에 뭐가 있는데?"

삶에 남은 낙이라곤 하나도 없는 그녀였다. 피폐한 정신을 채우기 위해 시작한 게임이 사라지니 삶의 의욕도 함께 사라진 것이다.

태하는 어떻게 해서든 그녀가 올바로 살 수 있도록 해야 했다.

"1년 동안 게임을 끊으면 5천 줄게."

"뭐라고?"

"내가 그래도 명색이 네 후견인 아니냐. 그러니까 그렇게 도와주겠다는 말이지."

"후우."

태희는 한숨을 내쉬었다.

한순간 뭔가 번뜩였지만 그것은 잠시뿐이었다. 그녀가 이 세상에서 할 수 있는 일은 많지가 않았던 것이다.

"내가 뭘 하겠어."

배가 어느 정도 차고 있다.

태하는 한숨을 내쉬었다.

"소주 한잔할래?"

"좋지."

그들은 포장마차로 향했다.

태하가 태희를 데리고 포장마차로 온 이유는 하나였다. 그것은 바로 태희가 살아갈 희망을 주기 위해서였다.

태희는 아예 살아갈 힘을 잃었다. 만약 여기 태하가 앉아 있지 않았다면 어찌 되었을지는 아무도 몰랐다.

쪼르르르륵!

태희는 술을 연거푸 들이켰다.

"오빠가 알아?"

"무엇을 말이야? 게임 세상에서 지존이 된 기분?"

"그래. 뭐가 어찌 되었건 나는 그 세상에서 신이었다고."

"게임 서비스가 종료되면 끝나는 세상의 신이지. 너는 운영자에게 휘둘리는 신이야."

"어쨌든 말이야. 그곳에서 내가 말 한마디 하면 수백 명이 몰려들었다고. 그런데 현실은 뭔지 알아? 시궁창이야."

여동생의 상태는 생각보다 심각했다.

이래서야 태하가 그녀의 세상을 무너뜨린 격이었다.

"나는……."

쿵!

태희는 몇 잔 마시지 못하고 엎어졌다. 아무래도 영양결핍이 누적되어 간이 버티지를 못한 것 같았다.

태하는 쓰러진 태희를 업고는 태희의 집으로 향했다.

"니가 게임을 알아?"

태희는 술주정을 하고 있다.

띠리리리링!

"나야."

—어떻게 되었어?

소식을 듣고 전화한 태린이다.

그녀의 질문에 태하는 착잡한 표정을 지었다.

"아무래도 집을 옮기는 것이 좋겠어."

—그렇지 않아도 자리를 마련해 두었어. 앞으로는 가까이 살자.

"그래, 잘했어. 역시 내 동생이구나."

—아무튼 오늘은 술에 많이 취했다니 거기서 재우고 내일 데리고 와.

"그래, 알았다."

태하는 하늘을 올려다보았다.

"삼촌, 저는 할 일을 다 했습니다."

이제 중독에서 벗어나고 말고는 태희의 손에 달려 있었다.

6. 드러나는 진실

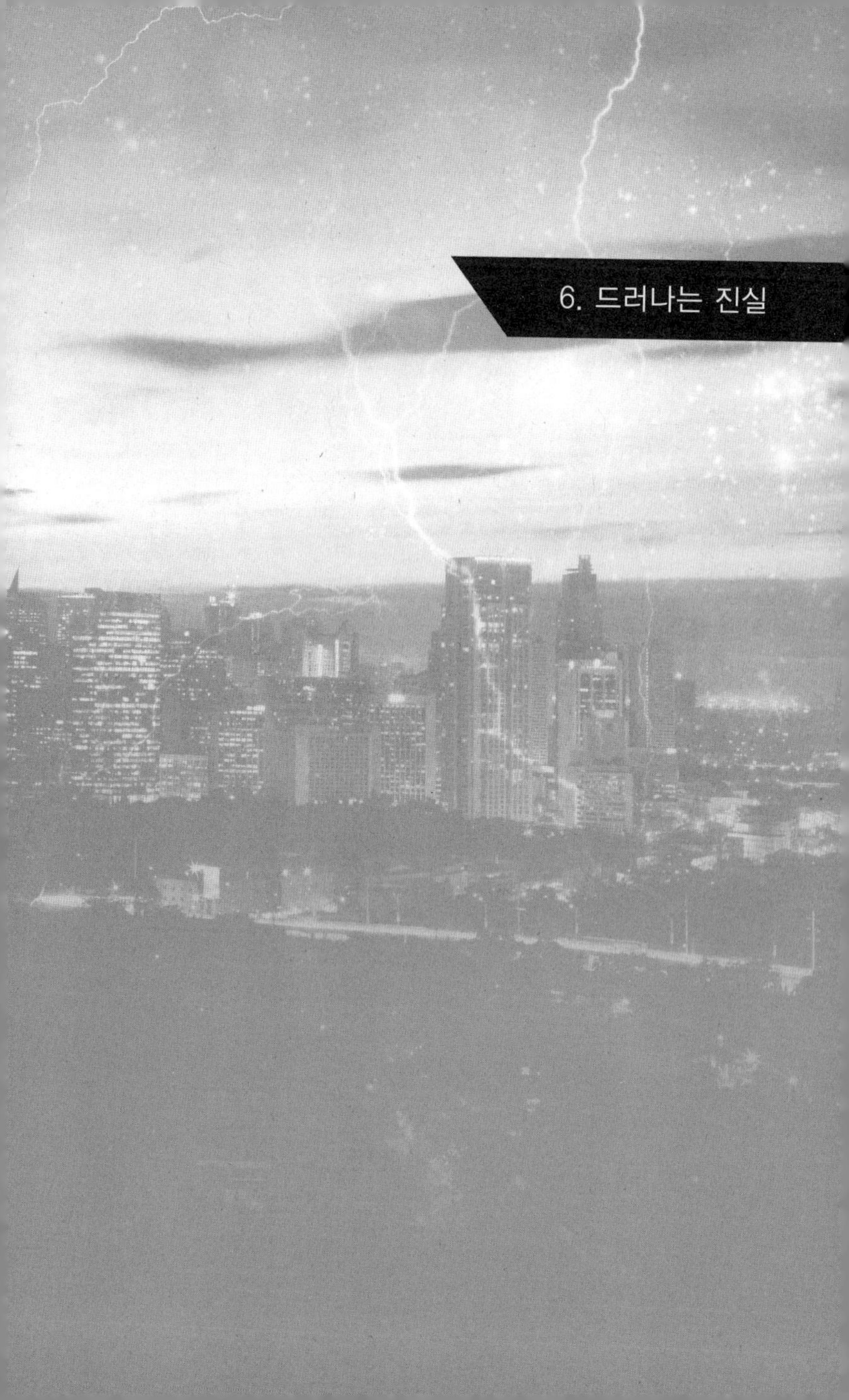

케이블 전문 방송 그룹 AS그룹은 방송계에 지대한 영향을 미치고 있었다.

우선 음악방송국 K-POP'S는 대한민국 최고의 음원 차트를 보유하고 있으며, 굴지의 매니지먼트 회사를 거느리고 있었다.

드라마 전문 채널 드라미디어는 미국, 일본, 영국, 중국, 캐나다의 영상 매체를 직수입하여 한국과 동시 방영을 연계하고 있다.

또한 종편방송국인 NBCS(누리방송)에서 방영하는 드라마와 예능 프로그램은 거의 지상파 방송국을 따라잡고 있었다.

그 밖에 애니메이션, 다큐멘터리, 게임 전문 채널, 격투기, 익스트림 전문 채널, 영화 방영 채널, 공영방송 재방송 채널까지, 다양한 장르의 채널이 포진하고 있는 AS그룹의 브랜드 파워는 가히 막강하다고 볼 수 있었다.

최근에는 유선방송의 인수 합병까지 노리고 있다는 소문이 돌았지만 사실로 확인된 바는 없었다.

AS그룹 산하의 AS미디어그룹은 지금까지 15년이 넘도록 회사를 키워오면서 수많은 시행착오와 위기를 넘겨왔다.

하지만 워낙 많은 채널이 존립해 있고 신흥 방송사가 난립하는 바람에 시청률 유지가 그리 쉽지가 않았다.

아직까지 공개적으로 알려진 것은 아니지만 현재 AS미디어는 애니메이션 채널과 다큐멘터리 채널을 타사에 매각할 계획을 검토 중이었다.

AS미디어그룹의 몸집이 워낙 비대해져 있어 이대로는 순수익 창출이 어렵다는 것이 모기업의 판단이었던 것이다.

이번 빅딜을 통해 기업의 규모를 줄이고 출자 구조를 단순히 하는 다이어트가 끝나면 비로소 AS미디어그룹은 예전의 위용을 다시 되찾을 수 있다는 것이 경영진의 주장이었다.

하지만 이것은 어디까지나 경영진만의 생각일 뿐 AS미디어그룹의 사장인 민지영은 달랐다.

그녀는 아버지 민건형의 유지를 받들어 지금껏 5년 동안 회사를 올바른 방향으로 이끌어오고 있었다.

AS그룹의 현 총수이자 민건형의 동생 민창형은 자신이 회장의 자리에 오르면서 민지영에게 AS미디어그룹을 맡겼다.

하지만 차기 회장으로 자신의 아들을 내세우면서 그녀의 영향력 깎기에 들어갔고, 모회사의 회장이 자회사의 사장을 압박하는 상황이 벌어졌다.

AS그룹은 AS미디어그룹의 경영에 개입하여 기업의 덩치를 우수죽순으로 불려놓고 영업 손익을 정상화시켜야 한다는 명분으로 평판 깎아먹기를 시전했다.

결국 내실은 탄탄하지만 갑자기 불어난 회사의 덩치를 감당하기 힘들었던 AS미디어그룹은 결국 손익분기점 상실이라는 거대한 난관에 부딪치게 되었다.

이로써 민지영은 사실상 사장단의 자리에서 물러나야 할 위기에 놓이게 된 것이다.

경영진은 지금 당장 빅딜을 시행해서 회사를 정상화시켜야 한다고 주장했으며, AS그룹 역시 같은 생각으로 유상증자를 실시하자는 공문을 내렸다.

하지만 그녀는 죽을힘으로 버티면서 회사를 정상화시키는 데 총력을 기울이고 있는 중이다.

이른 아침부터 AS미디어그룹 계열 방송국 국장들이 그녀의 사무실로 모여들었다.

그녀는 지금까지 AS미디어그룹의 문제점들을 좌시해 온 그들을 문책하고 책임을 추궁할 작정이다.

하나 그녀의 뜻은 그리 쉽게 이뤄지지 않았다.

"사장님, 우리만 빼놓고 국장단 회의를 소집하시다니… 너무하신 것 아닙니까?"

"…사장이 국장들을 소집하는 것이 어째서 너무한 것입니까? 사장의 고유 권한을 발의하는 데도 당신들의 동의를 받아야 하나요?"

"그런 것은 아닙니다만, 지금까지 사장님 치하에서 고생한 저희들을 생각하면 최소한 행동거지에 신중을 기해야 한다는 그 소리지요."

"……."

회장의 압박을 피해내는 가장 좋은 방법은 그가 노리는 타깃에서 최대한 멀리 떨어지는 것이다.

경영진은 민창형 회장의 압박을 고스란히 그녀에게 떠넘기고 자신들은 쏙 빠져 지금의 내각을 유지시키려는 중이다.

그렇게 되면 사장이 바뀌어도 내각은 그대로 남아 회사가 아주 망하는 날까지 유지될 것이다.

경영진은 그것을 노리고 일부러 그녀를 무시하고 깔보며 괄시하는 행동들을 서슴지 않고 있었던 것이다.

경영진은 국장들에게 현재 일어나고 있는 경영 악재에 대한 추궁 대신 그들의 노고를 치하했다.

"요즘 고생이 많아요. 그렇죠?"

"고생은요, 아닙니다."

"본사에서 내려오는 지원금이 절반으로 깎여 버렸으니 힘든 것이 당연하죠. 그럼에도 불구하고 이만큼 버틴 것은 당신들이 유능하기 때문입니다. 우리는 국장님들에게 박수를 보내고 싶어요."

"감사합니다."

"……."

경영진이 대놓고 사장을 무시하는데 국장들이라고 그녀의 눈치를 살필 리가 없었다.

그들은 경영진의 명령에 따라 움직인다는 뜻을 아주 떳떳하게 내비쳤다.

"고생 많으신데 다들 들어가 보세요."

"…아직 내 얘기는 시작도 안 했습니다만?"

"감사합니다. 그럼 저희들은 이만 들어가 보겠습니다."

"이봐요!"

이윽고 국장들은 사장실에서 자취를 감추어 버렸고, 그녀는 입술을 짓깨물었다.

"…이젠 아주 대놓고 나를 개무시하는군요. 정말 이래도 된다고 생각하는 건가요?"

"무시라니요. 그냥 우리는 사장님을 도와 대신 일을 처리한 것뿐입니다. 다른 의도는 없었어요."

"다른 것은 모르겠지만 항명은 회사의 존립에 가장 큰 걸림돌입니다. 만약 필요하다면 내가 당신들을 죄다 갈아치워 버리겠어요."

"하하! 그게 가능할 것이라고 생각하십니까? 으음, 아니죠. 회장님께선 주주총회에서 당신을 쳐낼 생각을 하고 있습니다. 반쪽짜리 사장님께서 우리를 어찌할 수 있다곤 보이지 않는데요?"

"……."

도를 넘어선 도발을 아무렇지도 않게 막 내던진 그들은 자신들끼리 조롱 섞인 웃음을 지으며 돌아섰다.

"그럼 우리는 이만……."

"큹큹, 잠깐! 오늘따라 좀 이상한 냄새가 나는데?"

"…어허, 말조심하게. 그날은 누구나 냄새가 나는 법이라네. 하지만 남자가 그것을 여자에게 있는 그대로 말해선 안 돼. 그래선 안 되는 법이라네."

"하하! 그런가요? 어이쿠, 미안합니다! 사장님께서 그날이라는 것을 깜빡했군요!"

"하여간 개코야. 그런 냄새는 도대체 어떻게 맡는 거지? 신기할 따름이란 말이지."

"……."

그녀는 그들의 조롱 섞인 웃음을 묵묵히 받으며 화를 삭였
다.

'참자. 내가 참지 않으면 그나마 남은 자리마저 위태로워진
다.'

조용히 눈을 감은 그녀는 가슴속에 참을 인 자를 마구 새겼
다.

*　　　*　　　*

일본 오사카의 켄타 맥주 제조공장은 여느 때와 다름없이
가동되고 있었다. 하지만 단 한 가지, 한국에서 온 형사가 며칠
째 상주하면서 조사를 벌이고 있다는 것만은 예외였다.

그녀는 평상시와 같은 모습의 맥주 제조공장을 돌아다니면
서 얼마 전 오사카 해안경비대에서 받은 자료와 이곳의 상황을
대조하고 있었다.

오사카 해안경비대는 이곳 해안을 지나는 타국의 상선들을
검열하곤 하는데, 당시 살인사건이 일어났을 때에도 한국에서
한 척의 소형 상선이 도착했다.

이 소형 상선은 경북 포항에서 왔다가 오사카에서 켄타 맥
주의 생산품을 가지고 다시 한국으로 되돌아가는 일정이었다.

그녀는 아마도 이 소형 상선이 시신을 처리하는 데 사용된 운반책이 아니었을까 하는 생각을 했다.

그래서 소형 상선이 들어오고 나간 시간과 동선 등을 체크하여 사건의 퍼즐 조각을 맞춰나가고 있었다.

"스네이크 무역이라……. 이름 참 독특하군."

"뜻이 어쨌건 간에 당시에는 켄타 맥주를 실어다 광주에 공급하는 아주 중요한 회사였습니다. 광주 상권에선 켄타 맥주가 꽤나 많이 보급이 되었던 것이죠. 심지어는 나이트클럽과 고급 술집에도 납품된 것으로 압니다."

추나희는 당시 소형 상선에 맥주를 실어주고 그 장부를 관리한 창고장을 만나 얘기를 들어보았다.

그는 스네이크 무역이 광주 출신의 건달이 운영하는 회사였다고 털어놓았다.

"그때 우리 켄타 맥주는 한국의 상권을 뚫지 못해서 서울은 물론이고 한반도를 타고 들어가야 하는 중국과 러시아 시장도 제대로 공략하지 못했습니다. 그런 상황에서 광주 상권은 그 의미가 아주 남달랐죠."

"그러니까 스네이크 무역이라는 곳이 처음으로 광주에 켄타 맥주를 알린 주역이 되었다는 소리군요?"

"그렇습니다. 아마도 그들이 없었다면 우린 호남지방으로 진출할 꿈도 꾸지 못했을 테지요."

"흠……."

"물론 그것이 가능했던 것은 호남지방이 스네이크 무역의 지주회사인 평화그룹의 지연이었기 때문일 겁니다."

"지연이요?"

"조금은 복잡한 일입니다만, 호남지방의 대표적 정치인인 박정일 의원의 친척이 바로 박춘태 회장입니다. 박평식 의원의 조카가 박정일이고, 그 연줄로 인하여 우리가 호남지방으로 진출할 수 있었던 것이지요."

"그래요. 그런 사정이 있었던 것이군요."

박평식이 박정일을 밀어주어 국회의원으로 만든 것은 그다지 잘 알려진 사실은 아니었다.

그녀는 어째서 그가 이런 자세한 얘기까지 알고 있는지 궁금해졌다.

"그나저나 한국 사람도 아닌 당신이 이런 얘기를 어떻게 이토록 자세히 알고 있는 거지요?"

"그때는 창고장이었습니다만, 지금은 전략사업부의 차장이거든요."

"아하, 그렇군요."

"아무튼 지금은 스네이크 무역이 사라지고 호남지방을 담당하는 새로운 무역회사가 설립이 되었습니다."

추나희는 이제 스네이크 무역의 관계자들만 찾아서 사정 청취를 하면 우선 살인사건의 내막이 조금은 드러날 것이라고 확신했다.

"말씀 고맙습니다. 나중에 반드시 사례하겠습니다."

"그러실 필요 없습니다. 다시는 우리 회사에 불미스러운 일이 발생하지 않도록 조치만 잘해 주십시오. 그게 보답입니다."

"네, 알겠습니다. 꼭 그렇게 하지요."

타국에서 홀로 조사를 벌이는 추나희의 입장에서 본다면 이들의 애사심은 불행 중 다행으로 찾아온 행운이라고 볼 수 있었다.

만약 그렇지 않았다면 이 정도의 진척은 보일 수 없었을 것이다.

그녀는 처음보다는 꽤 많이 가벼워진 발걸음으로 한국행 비행기를 탈 수 있었다.

*　　　　*　　　　*

호남지방에서 활동하던 스네이크 무역에 대해서 조사하던 추나희는 이들이 바로 유명 폭력조직 독사파였다는 사실을 알아냈다.

지금 그들은 무역회사를 운영하고 있지 않지만 그 당시에는 이 회사들을 운영하고 관리했던 것으로 드러났다.

그녀는 독사 편승엽이 운영하고 있다는 아라비안나이트를 찾아갔다.

쿵쾅쿵쾅!

시끄러운 음악소리와 함께 사이키 조명이 돌아가고 있는 나이트클럽에 들어선 그녀는 웨이터에게 독사의 위치에 대해 물었다.

"독사 어디 있어?"

"누구십니까? 누구신데 남의 사장님 별명을 함부로 부르십니까?"

그녀는 열 마디 말보다 빠른 신분증을 제시했다.

"…추나희 경감이다. 이 나이트클럽 싹 밀리기 싫으면 독사 어디 있는지 불어."

"경찰……!"

당황하는 웨이터를 본 그녀는 아직도 독사가 경찰과 접촉하면 안 되는 이유가 있다고 생각했다.

'그래, 이놈들이 뭔가 연관이 있는 모양이구나.'

하지만 그녀는 이곳에서 자신은 전혀 상상조차 하지 못한 인물과 마주하게 되었다.

"추나희 경감님?"

"…검사님?"

"경감께서 여긴 어쩐 일로?"

"사건 조사차 잠시 들렀습니다. 검사님이야말로 이곳까진 어쩐 일이십니까? 검사님은 요즘 바빠서 얼굴 보기도 힘들다고 하던데요."

"뭐, 그런 사정이 좀 있어요. 그나저나 사건 조사 때문에 이곳에 왔다고요?"

"……."

"경감님?"

추나희는 워낙 뜻밖의 인물을 만난 터라 정신이 약간 나가 있었다.

하지만 이내 정신을 바짝 차렸다.

"아, 예. 독사파가 아무래도 살인사건에 연루된 것 같아서요."

"살인사건이라……."

"최근에 이슈가 되고 있는 5인조 특수강간살인범들 아시죠? 그놈들이 새로운 증언을 저에게 했습니다. 아아, 이런 경우엔 제보라고 할 수 있겠군요."

"어떤 제보를 했기에 호남까지 내려온 것이지요?"

"그건……."

바로 그때, 한 남자가 그녀를 향해 걸어왔다.

"제가 한번 맞혀보겠습니다. 최태식이라는 놈이 살인을 저지르고 다녔다는 증언 아닙니까?"

"···당신은?"

"카미엘 엑트린입니다. 당신들과 마찬가지로 독사파에 볼일이 있어서 왔지요."

그녀는 지금의 상황이 언뜻 이해가 되지 않았다.

"저와 검사님은 그렇다 치더라도 당신은 사업가가 아닙니까? 그런데 어째서······."

"사업가이긴 한데 그 최태식이라는 놈에게 조금 빚이 있어서 말입니다. 그 빚을 받으려다 보니 이런 일이 벌어졌네요."

"······."

그는 추나희에게 독대를 청했다.

"저와 얘기를 좀 나누시죠. 독사는 제가 잘 아는 곳에 있으니 조금 이따 가셔도 늦지 않을 겁니다."

"···그러시죠."

조금 미심쩍은 면이 있었지만 그녀는 순순히 카미엘을 따라서 나이트클럽 VIP룸으로 들어갔다.

＊　　　＊　　　＊

태하는 자신이 알고 있는 모든 정보를 추나희에게 털어놓았다.

지금까지 자신과 유주가 알아낸 것들과 지금 자현이 알아내고 있는 아버지의 비밀까지 전부 그녀에게 설명한 것이다.

그제야 그녀는 모든 퍼즐이 맞춰지는 것 같았다.

"그러니까 최태식이는 결국 정신병자가 아니고 일부러 그런 척 연기를 한 것이고, 독사파의 조직원 중 몇 명은 그 시체를 버리는 데 동참한 것이고요."

"청탁을 받은 셈입니다. 물론 지금은 한국에 없지만 말입니다."

그녀는 이번 사건을 자신이 어떻게 처리해야 좋을지 태하에게 물었다.

"그래서, 제가 뭘 어떻게 하기를 바라는 건데요?"

"일단 제가 국사모의 새로운 자금줄이 될지도 모를 방송사를 인수하고 난 후에 최태식과 박춘태를 처단할 수 있게 해주십시오."

"국사모?"

"국회의원의 계모임이라고나 할까요? 사조직이긴 하지만 국회의원들을 양성하는 집단이죠. 지금까진 베일에 가려져 있었습니다만 앞으론 저와 박유주 검사에 의해 그 실체가 온 천하게 밝혀질 겁니다."

"무슨 말씀인지 알아듣기 쉽게 설명해 주시죠. 국회의원을 양성하다니⋯⋯."

태하는 그녀에게 자신이 알아보기 쉽게 정리한 국사모의 모든 자료를 넘기기로 했다.

이 안에 들어 있는 자료는 일반인은 물론이고 국정원에서도 모르는 사실들이다.

"제가 죽을 고비를 넘기면서 만들어낸 파일입니다. 이것을 가지고 진실을 좇는 데 동참해 주시면 좋겠습니다."

"……."

"물론 제 말이 처음엔 신빙성 없게 느껴지겠지만 불과 한 시간 후면 형사님이 저를 먼저 찾아오게 될 겁니다. 제가 장담하지요."

그녀는 조금 떨떠름한 표정으로 파일을 받았다.

"…만약 그와 반대라면요?"

"저를 미친놈으로 생각해도 좋습니다. 뭐, 공무집행방해로 잡아가려거든 그렇게 하시고요."

"좋습니다. 그 정도 베팅을 할 정도라면 한번 읽어는 보겠습니다."

"그러시죠."

태하는 그녀가 자료들을 정독할 때까지 잠시 기다려주기로 했다.

그리고 약 30분 후, 그녀는 자신이 태하를 믿어야 할 이유가 생겼다고 판단했다.

"…믿지 않을 수가 없네요."

"증거가 충분한데 이대로 가만히 내버려 두는 것은 암세포를 키우는 일이 됩니다."

그녀는 태하에게 한 가지 의문점을 갖게 되었다.

"그런데 말입니다, 당신이 왜 이렇게까지 국사모에 매달리는 것인지 모르겠군요. 그럴 필요가 없잖아요?"

"그건……."

바로 그때 룸의 문이 열리며 유주가 들어섰다.

"제가 말씀드리죠. 카미엘 엑트린은 제 친구 김태하입니다."

"……?"

"태하야, 이분은 믿을 만한 형사님이니까 그 실체를 드러내도 괜찮을 거야."

"알겠어."

뚜두두두둑!

잠시 후, 태하의 얼굴이 본래의 모습으로 돌아왔다.

"……."

"조금 놀라셨을 것이라고 생각합니다. 하지만 제가 살아 있는 것은 사실입니다. 또한 제가 아버지와 어머니를 죽이지 않았고 삼촌도 살해하지 않았다는 것을 이제는 알고 계시겠지요."

한꺼번에 너무 큰 얘기들을 들어서 그런지 그녀는 머리가 복잡했다.

"…저에게 시간을 좀 주십시오."

"그래요. 복잡하시겠지요. 내일까지 생각이 정리될 것이라고 믿겠습니다."

"알겠습니다. 그럼 이만······."

이윽고 나이트클럽을 나서는 그녀를 바라보며 태하가 유주에게 물었다.

"정말로 믿어도 되는 사람인 거지?"

"다른 사람은 몰라도 추나희 경감은 믿어도 좋아. 그녀는 오로지 진실만을 추구하는 사람이니까 우리와 함께 공조해 줄 거야."

"흠, 그래. 저런 아군이 생기면 우리에게도 확실히 도움이 되겠지."

"물론이지."

이제 두 사람은 추나희가 자신을 잘 추스를 수 있도록 기도할 뿐이다.

*　　　　*　　　　*

다음 날, 추나희는 자신이 태하를 도와야 할 이유를 찾았다며 연락을 해왔다.

결국 추나희는 태하와 유주를 도와 국사모에 관련된 모든 것을 파헤치게 된 것이다.

영업이 끝난 아라비안나이트를 임시 아지트로 삼은 세 사람은 이번 살인사건과 국사모가 무슨 연관이 있는지 알아보기로 했다.

그리고 박 씨 부자가 벌이고 있는 이 사건을 무마시키는 것을 최우선 과제로 삼았다.

추나희는 이번 사건에 대해 이렇게 설명했다.

"제가 볼 때엔 원한에 의한 살인이 아니고 그가 멀쩡하다고 가정했을 때 답은 오로지 하나 뿐입니다. 그는 자신의 앞길에 걸림돌이 되는 사람들을 약물과다복용 등을 이용해서 죽인 겁니다. 특수강간과 약물치사 협의로 기소된 그 다섯 명의 청년은 어쩌면 이번 사건의 희생자인 셈이죠."

"걸림돌이 된 사람들을 하나씩 제거했다."

"제가 이번에 일본에서 살해된 것으로 잠정 결론을 내린 그 여자 말입니다. 알아보니 박춘태가 회장에 오르는 데 가장 심하게 반대한 부회장의 딸이더군요. 대학교 동창이 노조위원장으로 있는 사람이고요. 노조는 물론이고 부회장이 반대를 했으니 원만하게 회장 직에 오르긴 힘들었을 겁니다. 만약 제대로 회장 직에 올랐다고 해도 그 길이 순탄치는 않았을 것이고요."

"그래서 그 딸을 죽여서 사태를 무마시킨 것이다?"

"자세한 내막은 알 수 없습니다만, 그녀가 죽고 난 후에 박춘태가 곧바로 회장직에 올랐습니다. 부회장이 가지고 있던 지분이 흩어지면서 그의 발언권이 사라지고 말았거든요. 노조회장 역시 명예퇴직을 했지요."

"흠……."

"지금 김태하 씨가 준 자료를 바탕으로 몇 가지 조사를 해본 결과, 죽은 사람들 대부분이 기업가나 정치가의 자제들이었습니다. 아무래도 그들이 사람을 죽인 데엔 확실한 동기가 있는 것 같습니다."

"형사님의 말씀을 들어보니 확실히 그런 것 같군요."

"아마 이번 폭행치사 역시 비슷한 맥락일 가능성이 높습니다."

그녀는 AS미디어그룹의 사장 민지영의 명함을 건네며 말했다.

"기왕지사 돈줄을 끊고 놈도 함께 엮는 것이라면 이 여자를 가장 먼저 만나보는 것이 좋을 겁니다."

"민지영?"

"AS그룹의 본 주인이 되었어야 할 아가씨죠. 지금은 AS미디어그룹의 부도 위기 조장으로 인해 회장 후보에서 밀려나는 것은 물론이고 사장단에서도 쫓겨날 위기에 놓여 있습니다. 아마도 이번 인수 합병이 끝나면 초야에 묻혀 다시는 나오지 않게 되겠지요. 그전에 만나서 지분을 당신이 인수하고 추후의 행동을 어떻게 조율할지에 대해 논의하는 것이 좋을 겁니다."

"고맙군요."

"별말씀을."

추나희는 확실히 일 처리가 깔끔하고 머리가 좋아서 판단력이 아주 뛰어났다.

아무래도 태하와 유주 둘이 움직이는 것보다 그녀가 곁에서 서포트해 주는 편이 훨씬 좋을 것 같았다.

'든든한 아군을 얻었군.'

앞으로 이 신뢰가 깨지지만 않는다면 참으로 좋은 아군이 될 것 같은 느낌이 들었다.

*   *   *

강남의 유명 커피숍 어썸 플레이스(Awesome place)의 테라스에 민지영이 홀로 앉아 있다.

"……."

어려서 모친을 여의고 아버지까지 돌아가시면서 그녀는 이 넓은 세상에 혈혈단신으로 남게 되었다.

하지만 그녀는 단 한 번도 좌절하거나 포기라는 것을 해본 적이 없었다.

지금까지 자신을 음해하려는 세력들을 스스로 쳐내고 오로지 강해지는 것만이 살길이라고 생각하며 위기를 타파해 왔다.

그러나 지금 그녀의 곁에 아무도 없다는 것은 앞으로 기사회 생활 기회마저 조금씩 사라지고 있다는 것을 반증하는 일이다.

"힘들구나."

혼자서 모든 위기를 헤쳐 나간다는 것, 그것은 어쩌면 세상에서 가장 힘들고도 고독한 일인지도 모른다.

이런저런 생각에 멍하니 앉아 있던 그녀에게 종업원이 다가와 말을 걸었다.

"저, 손님?"

"무슨 일이지요?"

"주문하신 브런치 세트 나왔습니다."

"브런치요?"

그녀는 화들짝 놀라 손사래를 쳤다.

"이런, 뭔가 착오가 있는 모양이군요. 저는 브런치 세트를 시킨 적이 없어요."

"아닙니다. 주문은 확실히 들어왔습니다. 다만 손님께서 직접 오신 것은 아니고 어떤 남자 분께서 대신 주문해 주신 겁니다."

"남자요?"

이렇게 각박한 삶을 살아오면서 제대로 된 친구 하나 사귀지 못한 그녀에게 아는 남자라곤 아버지뿐이었다.

그녀는 고개를 갸웃거린다.

"뭔가 주문이 잘못된 것 같은데요?"

"그럴 리가……."

바로 그때, 그녀의 앞에 말끔하게 생긴 청년 한 명이 나타났다.

"잘못된 것 아닙니다. 제가 당신 앞으로 브런치를 시켰어요. 제가 볼일이 좀 있었는데 그동안 이 카페에서 벗어나지 못하도록 잡으려고 말이죠."

"…왜요?"

"얘기를 좀 하고 싶었습니다."

그녀는 이게 바로 말로만 듣던 '작업'이라는 것임을 어렵지 않게 알 수 있었다.

민지영은 남자의 수작질에 대해 몇 가지 지적했다.

"이봐요, 요즘 세상이 어떤 세상인데 모르는 사람의 음식을 덥석 먹어요? 그리고 결정적으로 당신은 내 타입이 아니에요."

"하긴, 그건 그렇겠군요. 당신의 타입도 아니고 더군다나 처음 보는 수상한 남자가 주는 음식은 먹을 리 없지요."

"잘 아시는군요."

"하지만 이건 어때요? 내가 당신에게 접근한 것은 사업적인 용무 때문이라면요?"

"사, 사업이요?"

그는 민지영에게 명함을 한 장 건넸다.

BS그룹 대표이사 회장 카미엘 엑트린

카미엘 엑트린이라는 남자의 명함을 받은 그녀는 연신 고개
를 갸웃거렸다.

"카미엘 엑트린이라면 저도 TV에서 익히 이름을 들어본 적
이 있는 것 같군요. 요즘 대한그룹과 관련해서 이런저런 얘기
가 많이 나오는 것 같던데요?"

"맞습니다. 제 친구의 여동생을 지켜주고 있지요."

"친구라면……."

"죽은 김태하 총괄이사 말입니다. 태하와 저는 절친한 친구
였습니다."

"그렇군요."

처음 보는 사람에게 선뜻 죽은 친구의 얘기를 꺼낸다는 것
은 둘 중에 하나라고 추론할 수 있었다.

이 사람이 아주 순수한 사람이거나 뭔가 큰 목적이 있거나.

일이야 어찌 되었건 간에 그가 민지영에게 접근한 것은 급조
된 이벤트가 아니라 꽤나 치밀하게 준비한 계획인 셈이다.

"그나저나 언제부터 저를 따라다녔나요?"

"따라다닌 적은 없습니다. 다만 이곳에 자주 출몰한다는 소

식을 듣고 막연히 들렀을 뿐입니다. 우연치고는 제가 운이 아주 좋은 셈이죠."

"…그러게 말이에요. 운이 좋아도 너무 좋은 것 아니에요?"

그는 민지영이 더 이상 무슨 얘기를 하기 전에 그 입을 막았다.

"다짜고짜 이런 말도 안 되는 소릴 한다는 것이 황당하다는 것은 압니다만, 꼭 해야겠습니다."

"뭐, 그래요. 브런치도 사주셨는데 얘기는 들어보죠."

"저에게 회사를 파십시오."

순간, 민지영이 미묘하게 양쪽 미간을 찌푸렸다.

"뭘 팔아요?"

"AS미디어그룹 말입니다. 저에게 파시면 적어도 불손 세력에게 넘어가 회사가 공중 분해되는 일은 없을 겁니다."

그녀는 자신의 귀를 의심했다.

"그러니까 지금 당신은 오늘 처음 보는 저에게 갑자기 내 회사를 팔라고 말씀하시는 건가요?"

"그래요. 황당하다는 것쯤은 잘 압니다. 하지만 이대로라면 당신의 입지 역시 흔들릴 수 있다는 것도 사실이죠."

"……"

태어나 이렇게 황당한 소리를 들어본 사람이 과연 몇이나 될까?

하지만 그의 말처럼 지금 이대로 시간이 흐른다면 분명 그녀는 가문에서 내쳐져 뒷방 아가씨 신세가 될 것이 뻔했다.

그녀는 카미엘 엑트린의 다소 공격적인 제안에 대해서 몇 가지 의문점을 제기했다.

"당신, 다짜고짜 저에게 회사를 팔라고 하셨는데, 그에 대한 근거가 있나요? 제가 왜 당신에게 회사를 팔아야 하는데요?"

"AS미디어그룹의 방송사 두 개를 매각할 생각임을 잘 압니다. 그렇게 되면 얼마 전에 시행되었던 유상증자에 대한 반발이 여기저기에서 터져 나올 겁니다. 한마디로 매각과 동시에 당신 혼자서 방송사들을 들었다 놓았다 했다며 지탄받을 것이라는 소리죠."

"그렇다면 당신에게 지분을 넘긴다고 내가 회사에서 쫓겨나지 않을 것 같나요? 그런 보장은 어디에도 없어요."

"왜 없습니까? 내가 AS미디어그룹의 대표이사가 된다면 당신에게 자리를 물려주고 나는 최대주주로서 돈만 받아먹을 건데요."

"…뭐가 어째요?"

그는 민지영에게 주식 거래 내역에 대한 서류를 건넸다.

"아시는지 모르겠습니다만, 유상증자로 불어난 주식은 최태식이라는 사람에 의해 매입되고 있습니다. 그리고 회사 두 개가 떨어져 나가는 바람에 회사의 전체 지분이 줄어들게 되었지요.

이것은 무엇을 뜻하느냐, 바로 당신의 경영권 방어가 힘들어졌다는 것이지요."

"뭐라고요?"

"서류를 한번 읽어보세요."

그녀는 카미엘이 건넨 서류를 천천히 읽어보았고, 이내 눈을 휘둥그렇게 떴다.

"이게 무슨 말도 안 되는……! 내가 모르는 사이에 이런 일이 벌어지고 있었다고요? 사장인 내가 이 사실을 어떻게 모를 수 있죠?"

"원래 공격형 인수 합병은 처음부터 대놓고 공격하지 않습니다. 일단 장외에서부터 회사를 천천히 공략하고 내부를 잠식해 나가지요. 생각해 보십시오. 지금 회사에 당신의 편이 얼마나 있습니까? 당신은 요즘 빅딜이다 뭐다 정신이 하나도 없는데 서포트 해주는 사람은 아예 있지도 않지요. 그러니 이런 말도 안 되는 일이 벌어진다고 해도 당신은 딱히 어떤 대처를 하기는 힘들었을 테지요."

"……"

그녀는 이 모든 것이 사실이라면 정말로 자신에겐 남은 희망이 없다는 것을 반증하는 셈이다.

자리에서 일어선 그녀는 카미엘에게 영혼이 없는 말투로 물었다.

"…연락드려도 괜찮죠?"

"물론입니다. 회사를 넘기기 싫어도 연락은 주십시오. AS미디어그룹으로 몹쓸 짓 하려는 사람들이 꽤 많거든요."

"그래요."

힘이 쭉 빠진 그녀는 터덜터덜 걸어 카페를 나섰다.

7. 몰락한 가주

이른 아침, 정칠목 회장이 홀로 차를 몰아 집을 나섰다.

오늘은 일요일이기 때문에 회사의 업무는 없을 터, 아무래도 취미 생활 때문에 집을 나선 것 같았다.

하지만 그런 그의 뒤를 밟는 사람이 있었으니, 그녀는 바로 정칠목 회장의 딸 정자현이었다.

어제 중고차 시장에서 새로 뽑은 차를 타고 아버지의 뒤를 밟으니 그는 딸이 자신을 뒤따른다는 사실은 꿈에도 모르는 것 같았다.

서울에서 외곽순환도로를 타고 달리다가 경인고속도로로 빠져나가 인천까지 간 그는 서해안 고속도로로 접어들었다.

그녀는 내비게이션이 가리키는 위치를 확인하며 고개를 갸웃거렸다.

"이상하네. 서해안 고속도로를 타고 어디까지 가려는 거지?"

정칠목은 서울 토박이이기 때문에 호남이나 호서지방에 연줄이 있을 리 만무했다. 그나마 처가가 영남지방이라서 가끔씩 내려가는 경우는 있었지만 서해안고속도로를 타고 영남지방으로 간다는 것은 뭔가 좀 이상한 일이었다.

그녀는 대략 차 두 대 차이를 두고 아버지의 뒤를 밟았다.

부아아아앙!

아주 느릿느릿하면서도 부드러운 운전 솜씨를 뽐내던 그는 서산 IC에 이르러 톨게이트로 차를 틀었다.

"서산? 이곳엔 어쩐 일로……."

심지어 정칠목은 본가와 본적도 경기도이기 때문에 충청도는 아예 관련된 사항이 없었다.

외가와 그 외가까지 전부 경기도인데 충청도에 뭔가 연고가 있을 리 만무했다.

"뭐지? 왜 충청도까지 내려오신 걸까?"

그녀는 정칠목의 차를 따라서 서산 IC를 빠져나와 바닷가가 있는 서북쪽 국도로 접어들었다.

쏴아아아!

시원한 바닷바람이 불어오는 국도를 따라서 달리다 보니 인적이 드물지만 바닷가의 전경이 아름다운 민가가 나왔다.

워낙 인적이 드물어서 포장된 도로 하나와 과속감지카메라 한 대가 이곳 시설물의 전부였다.

만약 누군가 낙향 생활을 한다거나 은둔 생활을 한다면 아주 안성맞춤일 그런 곳이었다.

정칠목의 차는 대략 40평쯤 되는 주차장에 차를 세우고 단출하면서도 깔끔한 멋이 있는 전원주택으로 들어섰다.

삐비비빅, 띠리리릭!

지문인식과 비밀번호 터치로 열리는 현관문이 열리면서 개한 마리와 병약한 소녀 한 명이 함께 나왔다.

"…오셨어요?"

"잘 지냈지? 아줌마는 어딜 가고 혼자 있어?"

"잠깐 장보러 갔어요. 요즘 제가 고기를 잘 못 넘겨서 야채와 죽밖엔 못 먹거든요."

"그새 건강이 더 나빠진 거니?"

"괜찮아요. 이식할 때까진 버틸 수 있어요. 의사도 앞으로 서너 달은 더 버틸 수 있다고 했어요."

"그래, 그렇다면 다행이구나."

이윽고 두 사람은 다정한 모습으로 집 안 깊숙한 곳으로 들어가 버렸고, 그녀는 아주 복잡한 심경에 사로잡히고 말았다.

'저 아이, 도대체 누굴까?'

그녀는 아버지가 집에서 나올 때까지 기다려 보기로 했다.

*　　　　　*　　　　　*

늦은 오후, 전원주택의 문이 열리며 정칠목 회장이 모습을 드러냈다.

그는 병자 소녀의 어깨를 두드려주고 덕담까지 몇 마디 남기더니 이내 다시 차에 올랐다.

자현은 그런 아버지의 차 앞을 자신의 차로 막아섰다.

끼이이익!

잘못하면 차가 부딪쳐 사람이 다칠 수도 있는 상황이었다. 하지만 그녀는 개의치 않고 그 자리에 가만히 서 있었다.

어지간하면 화를 참는 성격인 정칠목 회장이 차에서 내리더니 조금 화가 난 얼굴로 창문을 두드렸다.

똑똑똑!

"이봐요, 도대체 운전을 어떻게 하는 겁니까? 사고가 날 뻔했지만 내가 갈 길이 좀 바빠요. 당장 차 빼줘요."

"……."

"어허, 아가씨! 사람 말이 말 같지 않아요?"

버럭 호통까지 치는 것을 보니 어지간히 화가 난 모양이다.

그녀는 아버지의 소원대로 창문을 내려 자신이 누구인지 그대로 보여주기로 했다.

지이이이잉.

서서히 내려가는 차창, 그 차창이 다 내려갔을 때쯤엔 정칠목의 얼굴이 경악으로 물들었다.

"자, 자현이? 네가 어떻게……?"

"그건 제가 아버지에게 묻고 싶네요. 경기도에서 나고 자라신 분이 충청도까진 어쩐 일로 오셨어요? 그리고 저 아가씨는 또 누구고요?"

"그, 그게 그러니까……."

"혹시라도 바람을 피우신 것이라면 시인하세요. 그 나이에 외도 한 번 하지 않았다고 생각하진 않으니까요."

정칠목은 딸을 가만히 바라보다니 이내 아주 차분하게 말을 이어나갔다.

"가자. 이 아비가 다 설명해 주마."

"가긴 어디를 가요? 대답은 하고 가서야죠."

"이곳은 도로 한복판이니 집으로 들어가서 얘기하자는 말이다."

"집이요?"

그는 살며시 손가락을 들어 자신이 나온 전원주택을 가리켰다.

"저곳 말이다. 괜찮다면 저곳에서 얘기해 주고 싶구나."

"…내연녀가 있는 집에서 말이에요?"

"당사자가 있는 곳에서 얘기하는 편이 좋을 것 같아서 말이야."

"알겠어요. 일단 가요."

두 사람은 단출한 전원주택으로 발걸음을 옮겼다.

*　　　*　　　*

짐짓 무겁게 가라앉은 분위기의 전원주택. 정자현은 차분한 어조로 물었다.

"…그러니까 이 아가씨가 바로 태풍의 핵인 철수 아저씨의 딸이라는 소리죠?"

"그래. 어지간하면 너에게까진 얘기하고 싶지 않았다. 네 엄마도 다 아는 사실인데 너만 모른다고 서운해할 것 같아서 말이야."

그녀는 자신도 모르게 실소를 흘렸다.

"허참, 아무리 그렇다고 해도 제 사생활 노출에 인터넷까지 떠들썩하게 만들면 어떻게 해요?"

"미안하구나."

정칠목에겐 어려서부터 형제처럼 지내온 막역한 친구가 한 명 있었다.

그는 굴지의 인터넷 포털사이트의 회장이며 복지재단 '오솔길'의 대표이사이기도 했다.

인터넷 포털사이트 드라이버의 대표이사이자 주주총회의 최대주주이던 강철수는 자신이 버는 돈의 대부분을 사회에 환원하면서 살아왔다.

자신이 곧 복지재단이며 어려운 이웃을 도우면서 사는 것이 최고의 행복이라고 생각한 그였다.

때문에 정칠목은 자신이 조금 손해를 보더라도 그를 도와서 드라이버 사를 살리고 후원까지 해주고 있었던 것이다.

하지만 문제는 강철수 회장이 지병으로 세상을 떠난 후에 벌어졌다.

드라이버 사의 경영진은 지금까지 그가 복지재단에 퍼주던 돈을 더 이상 지급할 수 없다며 원조를 거절했고, 급기야는 새로운 회장을 선출하여 회사의 이윤을 창출하는 방법에 대해 강구하기 시작했다.

정칠목 회장은 자신이 가진 지분을 이용해서 그들을 막으려 했지만 오히려 그들에게 뒤통수를 후려 맞고 말았다.

강철수에겐 심장병을 심하게 앓고 있는 딸이 있었는데, 이제 곧 심장이식을 앞두고 있는 상황이었다.

그런데 갑자기 중간에서 누군가 도너를 빼돌리고 잠적하는 바람에 생명과 직결되는 수술을 받지 못하게 된 것이다.

정칠목은 이 도너를 무기로 협박을 받았고, 결국엔 자신의 지분을 처분하고 회사를 포기할 수밖에 없었다.

아무리 돈이 중요해도 강철수의 딸이 죽으면 다 소용없다고 생각한 것이다.

그나마 그녀가 입원하고 있던 병원에서도 몇 번이나 살해 시도가 있었고, 결국 그녀는 병원에서도 생활할 수 없는 입장이 되고 말았다.

정자현은 속이 터져 도저히 얘기를 더 들을 수 없을 지경이 되었다.

"도대체 상황이 이렇게 되었는데 경찰에는 왜 알리지 않으신 거예요?"

"경찰에 신고하는 즉시 도너를 죽이겠다는데 난들 어쩔 도리가 없지 않니?"

"……"

"아무쪼록 너에겐 미안하게 되었구나. 거짓말을 하려는 의도는 전혀 없었단다. 그것만 알아다오."

"…하여간 사람이 너무 좋아도 탈이라니까."

자현은 더 이상 이 사태를 지켜보고만 있을 수 없다고 생각했다.

"제 친구 중에 이쪽으로 아주 전문가가 한 명 있어요."

"전문가?"

"암흑가에선 알아주는 거두라고 하더라고요."

"그, 그런 친구를 네가 왜 사귄 것이냐? 잘못하면……."

"그럴 일은 절대로 없어요. 아빠도 아는 사람이에요."

"…내가 말이냐? 누구를 말하는 거야?"

그녀는 더 이상의 신분 노출은 하지 않기로 했다.

"아무튼 제 친구에게 부탁해서 어떻게든 조치를 취해야겠어요. 이 아이가 너무 아파 보여요. 이대로 가만있을 수는 없겠어요."

"하지만 암흑가와 결부되어 좋은 꼴을 본 사람은 아무도 없어. 차라리……."

"걱정하지 말아요. 내 친구 중에는 검사도 한 명 있으니까."

모든 의혹이 풀린 가운데 그녀가 더 이상 가만있을 이유는 어디에도 없었다.

그녀는 차를 타고 대전으로 향했다.

*　　　　*　　　　*

대전 갑천에서 모인 태하와 유주는 자현에게 사정을 전해 들을 수 있었다.

"으음, 그런 복잡한 일이 있었을 줄이야……."

"큰일이야. 잘못하면 억울한 사람이 하나 죽게 생겼다고. 하지만 그렇다고 우리가 회사를 넘겨도 도녀를 되돌려줄 생각은 없는 것 같아. 지금도 인질 교환을 지지부진 미루고 있다고 하더라고."

"그래?"

태하는 이제 정말로 일을 서서히 마무리해야 할 시기가 왔다고 생각했다.

"우리가 다시 회사를 되찾아서 회장님께 돌려드리자. 그리고 적당한 시기가 된다면 원래의 주인에게 돌려줄 수도 있게 말이야."

"괜찮은 일 같네."

그는 자현에게 전화기를 빌려줄 것을 부탁했다.

"내가 네 전화를 가지고 중국에 다녀올게. 그곳에서 도청지를 역추적해서 범인들을 잡을 수 있을 것 같아."

"만약 그랬다가 도녀를 죽이면 어떻게 해?"

태하는 그녀의 병에 대해 물었다.

"그녀에게 어떤 병이 있다고 했지?"

"심장에 이상이 있대. 선천적으로 판막이상증이 있는데, 급성 심부전이 오는 바람에 신체의 장기가 전부 다 약해진 상태야. 지금 위와 담낭이 제 기능을 하지 못해서 아예 소화조차 시키지 못해."

"심장이라……."

신체의 장기 중에서 중요하지 않은 부분은 없겠지만 심장은 혈액과 산소를 공급하는 기관이기 때문에 특히나 그 중요함이 부각되곤 한다.

심장에 제대로 피와 산소를 공급하지 못하게 되면 내부 장기들이 전부 기능 부진을 겪게 되기 때문에 약물로서 그 기능을 대신하여 치료를 감행한다.

하지만 지금 강철수 회장의 딸 강진희는 심장이 제 기능을 거의 다 상실해 가는 단계이기 때문에 심장이식 말고는 답이 없는 상태였다.

태하는 심장이식 대신에 자신이 직접 심장을 고칠 수 있을 것이라고 생각했다.

"심장이 아프면 심장을 강화하면 되겠군."

"심장을 강화한다고? 하지만 그게 생각처럼 쉬운 일이겠어?"

"나에게 방법이 있어."

"방법이 있다고?"

"그녀와 내가 직접 얘기를 해보고 싶어. 연결해 줄 수 있겠어?"

그녀는 고개를 끄덕였다.

"알겠어. 하지만 아버지가 함께 계시니까 조심해야 해. 잘 알지? 우리 아버지가 다른 것은 몰라도 눈치 하나는 상당히 빠른 것 말이야."

"잘 알지. 내가 존경해 마지않는 분인데 그것을 모르겠어?"

태하는 그녀가 머물고 있는 서산으로 향했다.

*   *   *

신체의 중심은 당연히 심장이지만 무학적으로 본다면 신체의 중심은 단전이라고 할 수 있다.

진기의 그릇이 되며 제2의 호흡기관으로도 기능하는 단전은 오히려 심장보다 더 큰 역할을 하기도 한다.

태하는 이 단전을 심장에 가지고 있는데, 보통의 무학은 심단전이라는 요소를 사용하지 못한다.

심장에 진기를 저장하게 되면 기혈이 역행하여 잘못하면 주화입마에 빠지기 쉬우며, 이곳까지 도달하는 데 꽤 오랜 시간이 걸리기 때문이다.

하지만 태하는 그 모든 것을 치료하고 근본적인 문제를 치유할 수 있는 방법을 알고 있었다.

강진희는 자신을 찾아와 함께 러시아로 가자는 태하의 제안을 쉽사리 받아들일 수가 없었다.

"…더 이상 누군가에게 폐를 끼칠 수 없어요. 지금까지도 충분히 신세를 지면서 살았는데 오늘 처음 보는 당신에게까지 손을 벌리고 싶지 않네요."

"그렇다고 해도 이대로 죽을 수는 없는 노릇 아닙니까? 아버지의 유지를 받들어 자선사업을 계속해야지요. 이 세상에는 아직도 어려운 사람들이 많아요."

"그렇지만……"

정칠목 회장은 태하에게 그녀의 완치 여부에 대해서 물었다.

"자네가 진희를 데리고 간다면 완치시켜 한국으로 데리고 올 수 있겠나?"

"물론입니다. 이전보다 더 좋아진 심장을 가지고 한국으로 들어올 겁니다. 제 모든 것을 걸고 맹세합니다."

"그만한 확신이 있다니 정말 무언가 제대로 된 방법이 있는 모양이군."

"두 분이 저를 믿어주신다면 절대로 실망시키는 일은 없을 겁니다."

"흠……"

정칠목은 강진희에게 자신의 의견을 피력했다.

"진희야, 아무래도 이 청년의 말을 듣는 편이 좋을 것 같구나."

"하지만……"

"이 아저씨의 말 듣거라. 놈들은 어쩌면 처음부터 도너는 데리고 있지 않았을지도 몰라. 그저 우리를 협박하고 우롱하기 위해서 작전을 짜고 있었을지도 모르지."

"……"

"만약 살아갈 수 있는 희망이 다른 곳에 있다면 나는 그곳에 목숨을 거는 것도 나쁘지 않다고 생각해."

강진희는 태하의 얼굴을 가만히 바라보더니 이내 어렵게 입을 뗐다.

"정말 완치를 기대할 수 있어요?"

"살 수 있습니다. 내가 장담할게요. 그러니 믿고 따라와 주기만 하세요."

그제야 그녀는 태하의 말에 따라 고개를 끄덕였다.

"좋습니다. 당신을 따라서 러시아로 갈게요."

"그래요. 잘 생각한 겁니다. 더 이상 고생하는 것보다는 완치를 기대하는 편이 낫죠."

그는 정칠목에게 2주의 시간을 달라고 했다.

"2주입니다. 그 안에 돌아오지요."

"잘 부탁하네. 내 가장 친한 친구의 유일한 혈육이야. 이 아이가 잘못되면 나도 멀쩡히 살아갈 수 없을 거야."

"걱정하지 마십시오. 회장님을 실망시키는 일은 절대로 없을 겁니다."

"부디 그렇게 해주시게."

이제부터 태하는 그녀를 데리고 북해빙궁에서 2주간 치료와 훈련을 병행하게 될 것이다.

그는 전용 헬기를 타고 러시아 레나강 중류로 향했다.

*　　　*　　　*

청주 국제공항 해외 노선 입국장.

드르르륵!

조금 무거운 캐리어를 끌고 나오는 사내의 얼굴이 짙은 상처와 흉터로 가득하다.

그는 얼굴의 1/4을 가리는 거대한 선글라스를 벗고 자신을 맞이하러 나온 여자에게 악수를 건넸다.

"반갑소."

"어서 와요. 먼 길 오시느라 수고 많으셨어요."

"수고는 무슨, 이게 다 공화국을 위한 일 아니겠소?"

그녀는 남자에게 미소 띤 얼굴로 말했다.

"만약 불편하다면 사투리를 써도 좋아요. 요즘은 탈북한 사람들이 꽤 많으니까요."

"후후, 그런 허접한 짓을 내가 한다면 공화국의 혁명전사들이 뭐라고 생각하겠소?"

"생각하기 나름이지만, 당신의 말도 틀리지는 않네요."

이윽고 그녀는 남자를 데리고 공항 밖에 있는 자동차로 향했다.

부르르르릉!

거대한 철갑으로 된 승합차의 뒷좌석에 짐을 실은 그는 네 명의 사내와 마주했다.

"오셨습니까?"

"남조선에서의 생활은 어떤가? 지낼 만한가?"

"워낙 썩은 동네라서 더 있기가 불편합니다. 모두 자본주의에 찌들어 제정신이 아닙니다."

"그래, 자네들이 가장 고생이 많군."

"아닙니다. 그나저나 이곳까지 오시느라 정말 고생 많으셨습니다."

그는 손사래를 치곤 이내 차에 올라탔다.

그러자 첨단기기가 가득한 승합차 내부의 전경이 고스란히 그의 눈으로 들어왔다.

사내는 자신을 기다린 부하들에게 물었다.

"상장 동지를 살해한 빌어먹을 자식은 찾았나?"

"일단 본래의 소재는 파악해 두었습니다. 다만 아직까지 그의 행적이 묘연하여 수사를 더 해봐야 정확한 것을 알 수 있을 것 같습니다."

"행적이 묘연하다?"

"남조선에선 그놈이 죽은 사람으로 되어 있습니다. 그래서 찾고자 마음을 먹어도 도저히 행적을 추적할 수가 없었습니다."

"…죽은 사람이 어떻게 살아서 돌아다니며 살인을 저지른단 말인가?"

"저희들도 최선을 다하고는 있습니다만, 그 흔적이 쉽사리 잡힐 것 같지는 않습니다."

"그렇군."

그는 자신에게 사정을 설명한 사내의 얼굴을 주먹으로 냅다 후려갈겼다.

퍼억!

"크헉!"

"…간나새끼, 혁명전사가 쫑알쫑알 말이 많네! 그 아가리에서 다시 한 번 핑계라는 것이 나온다면 아가리를 찢어 죽이갔어. 알간?"

"죄, 죄송합니다!"

너무 흥분한 나머지 고향 사투리를 남발한 그는 애써 평정심을 되찾았다.

"휴우, 아무튼 더 이상 나를 도발하지 말라. 알겠나?"

"예, 부장 동지!"

이제 그는 본격적으로 자신의 복수를 하기 위한 행보에 첫발을 떼기로 했다.

'꿈에서도 잊지 않았다! 죽을 때까지 네놈을 쫓아다녀 주마!'

그의 눈동자에서 검은 불빛이 번쩍이는 것 같았다.

*   *   *

러시아 허허벌판으로 가는 길. 강진희가 수척한 얼굴로 태하를 바라보며 물었다.

"정말 내가 나을 수 있을까요?"

"세상 모든 일은 자신의 의지에 달린 겁니다. 당신이 이겨낼 수 있다고 생각하면 이겨낼 것이고 그렇지 못하면 이겨내지 못할 겁니다."

"…그렇군요."

태하는 자신의 얘기를 그녀에게 해주기로 했다.

"저는 이곳에서 죽을 고비를 몇 번이나 넘겼습니다. 그러면서도 살아남는 것을 포기하지 않았던 것은 꼭 지키고 싶은 사람들이 있었기 때문입니다."

"……."

"당신에게는 그런 사람들이 존재하지 않습니까?"

그녀는 쓸쓸한 미소를 지었다.

"…나는 이제 혈족이 한 명도 남지 않았어요. 그나마 회장님께서 저와 가장 가까운 사람이지만 그분은 제 혈족이 아니세요. 제가 죽어도 그분은 무엇을 잃었다고 말할 수 없을 겁니다."

태하는 그녀의 얘기가 틀렸다고 지적했다.

"아니요, 회장님께선 당신이 죽는 즉시 실의에 빠져 얼마나 힘들어하실지 모릅니다. 사람이란 무릇 혈연에 의해서만 슬픔의 감정이 생기는 것은 아니니까요. 당신의 모습에서 친구의 모습을 찾으려는 회장님의 노력은 아무것도 모르는 제 눈에도 충분히 보였습니다."

"그랬던가요?"

"확실히 그랬습니다. 아마 당신이 모든 것을 포기한다면 회장님 역시 조금은 자신을 놓아버리지 않을까 싶습니다."

"…그렇군요."

태하는 그녀의 어깨를 손으로 감싸 쥐었다.

"제가 확신할 수 있는 것은 당신이 반드시 살아날 수 있다는 겁니다. 난 원래 무엇이든 확신은 잘 하지 않는 성격입니다. 하지만 당신이 해낼 수 있다는 것은 확실합니다. 내 눈엔 그게 보여요."

"고마워요."

잠시 후 두 사람의 앞에 북해빙궁의 입구가 모습을 드러냈다.

다다다다다!

헬리콥터에서 내린 태하는 조종사에게 위성 전화기를 건네며 말했다.

"일이 끝나면 호출하겠습니다. 그때 봅시다."

"예, 알겠습니다."

이제부터 두 사람의 폐관수련이 시작될 것이다.

8. 의지의 한국인

대한민국을 떠들썩하게 만들었던 인터넷 포털사이트 드라이버와 데이즈의 통합이 불과 나흘 앞으로 다가왔다.

이제 슬슬 관련 회사들은 변화에 효과적으로 대응하기 위한 전략을 수립하고 새로운 청사진을 구사하기에 바빴다.

지금까지 드라이버와 데이즈가 거느리고 있던 하청업체와 관련 사용 업체들의 숫자는 차마 손으로 세기도 힘들 정도이다.

대한민국의 인터넷 업계를 이들이 모두 다 짊어지고 간다고 해도 과언이 아닌 상황이니 어쩌면 당연한 일인지도 모른다.

하지만 정작 인수 합병이 진행되는 상황은 지지부진하여 더 이상 협상이 불가능한 지경에 이르고 있었다.

드라이버의 대주주이자 후원자인 정칠목이 돌연 주식 판매를 거부하고 나선 것이다.

사실 정칠목은 단 한 번도 자신의 주식을 팔겠다고 각서나 서류에 서명을 보낸 적이 없었다.

그저 조건을 맞춰주면 흔쾌히 주식을 팔겠노라 말했을 뿐 그 약속은 그저 어기면 그만인 약속이었다.

다만 지금 그가 계약을 어기게 되면 난감한 상황에 놓이는 드라이버의 경영진만 발등에 불이 떨어진 상황이 되어버렸다.

드라이버 인터넷 포털사이트의 부사장 이성진은 이 모든 상황이 도무지 이해가 가지 않았다.

"…미친놈이군. 아무리 돈이 좋아도 사람 심장을 가지고 장난을 쳐?"

"장난을 친 쪽은 우리 아니었습니까?"

"뭐요?"

이성진은 15명의 경영진에게 조만간 인터넷 시장의 판도가 바뀔 인수 합병이 진행될 것이고, 지금 시장에 나와 있는 잔여 지분을 모두 매입하여 곧 있을 인수 합병에 대비하자고 주장했다.

하지만 지금으로썬 인수 합병이고 뭐고 모든 것이 다 물거품으로 돌아가게 생겼다.

가장 중요한 정칠목의 지분 35%가 공중으로 붕 떠버렸기 때문이다.

만약 지금 이 상태에서 회장의 지분을 상속 받은 강진희가 정칠목에게 힘을 실어주게 된다면 게임은 해보나마나이다.

그나마 기대할 수 있는 것은 이들이 일을 마무리하기 전까지 강진희가 버티지 못하고 세상을 떠나버리는 시나리오였다.

이성진은 최상의 시나리오가 틀어지게 된다면 자신들이 겪을 파국을 더 이상 걱정하고 싶지 않았다.

"엘란트 그룹에 연락을 해봅시다. 그들은 무언가 대책을 강구하고 있을지도 모릅니다."

"그들이라고 별다른 뾰족한 수가 있겠습니까? 본인이 도너고 뭐고 다 필요 없다고 하는데요."

"제기랄!"

잠시 후, 경영진이 모두 모여 있는 회의실로 인기척이 느껴졌다.

똑똑.

순간적으로 회의실 출입문으로 고개를 돌린 그들은 인기척을 낸 장본인의 얼굴을 확인할 수 있었다.

"여기 다 있었군요."

"한 이사!"

"자꾸 연락을 피하면 어쩌라는 겁니까? 우리 그룹은 뭐 손이나 빨고 있다가 엿 처먹고 입 닥치라는 겁니까?"

"그, 그게 아니고……."

엘란트 그룹 한재성 총괄이사는 오늘 아침부터 부사장 비서실에 전화를 수십 통씩이나 하고 있었지만 이성진은 전화를 받지 않았다.

그러다가 마음이 조급해지자 그들을 찾고자 했던 것이다.

"…우리는 안경잡이처럼 배신하는 새끼들은 살려두지 않습니다. 그냥 죽이고 말지 모든 잘못을 안고 가는 사람들은 아니란 말입니다. 알아들어요?"

"그, 그러니까 그게……."

한재성은 그들에게 은색 슈트 케이스를 두 개 건넸다.

"무기명채권입니다. 절반은 미국, 절반은 러시아 산입니다. 이 정도면 드라이버를 인수하고도 남을 겁니다."

"하, 하지만 아직 얘기가 다 끝나지 않았습니다. 조금만 더 시간을 주시죠."

그는 대답 대신 자리에서 슬그머니 일어나 회의실 문을 열었다. 그러자 밖에서 대기하고 있던 사내들이 우르르 쏟아져 들어왔다.

저벅저벅!

"왜, 왜 이러시는 겁니까!"

"아무래도 약속을 잘 지키시지 않는 것 같아서 압박을 좀 해

볼까 해서요. 이 정도는 괜찮지요?"

"……."

한재성은 이곳을 지키는 사내들에게 말했다.

"혹시라도 잔머리 굴리는 사람이 있으면 다시는 머리를 굴리지 못하도록 만들어 버리세요."

"예, 알겠습니다."

엘란트 그룹은 어떤 일이 있어도 회사를 인수하겠다는 입장이었지만 이성진은 시간이 조금 더 필요했다.

하지만 지금 당장 협상을 마무리하는 시늉이라도 하지 않으면 죽을지도 몰랐다.

그는 전화기를 들었다.

"…영상을 찍어서 놈에게 보내세요."

─알겠습니다.

이윽고 전화를 끊은 그는 조용히 앉아 상황을 지켜보기로 했다.

*   *   *

같은 시각, 정필목은 자택에 머물면서 협박범들의 전화를 기다리고 있었다.

유주와 태하의 부하들은 그들에게서 전화가 오면 모든 방법을 다 동원해서 발신지를 찾아낼 것이다.

특히나 챕스틱의 반응 속도는 가히 타의 추종을 불허하기 때문에 한 번 걸리면 절대 빠져나올 수가 없다.

따르르릉!

드디어 전화기가 울렸다.

"받으시죠."

"…알겠네."

정필목은 유주의 지시대로 협박범들의 전화를 받았다.

"여보세요?"

―거참, 꼬장꼬장한 분이시네. 당신의 딸내미가 죽는 것을 원하시는 모양이죠?

"사람이 죽는다는데 그런 상황을 반길 사람이 도대체 어디에 있겠습니까?"

―그런데 왜 자꾸 사람을 미치게 만들어요? 도대체 계약은 왜 미루는 겁니까? 정말 도너를 확 죽여 버려야 정신을 차리겠어요?

"그 사람이나 우리 진희나 목숨이 소중한 것은 똑같습니다. 그러니 어지간하면 사람이 죽지 않는 방법으로 얘기를 풀었으면 좋겠군요."

―어차피 죽을 사람이었다는 소리 못 들었나? 지금 당장 죽는다고 달라질 것은 없어. 물론 심장이 정지해서 싸늘하게 식

어버리면 이식이고 뭐고 다 없던 일이 되겠지만 말이야.

유주와 챕스틱은 위치 추적 완료가 불과 3초 남았다고 신호했다.

이제 그는 조금 더 세게 나가기로 한다.

"그렇다면 마음대로 하시지요. 죽여요. 우리는 더 이상 당신들에게 휘둘리지 않을 겁니다."

―…뭐요? 이 양반이 정말 미쳤나? 어이, 미치려거든 곱게 미치쇼. 지금 사람 가지고 장난을 치는 거요?

"장난은 그쪽에서 먼저 친 것 같습니다만?"

―하하, 역시 당신도 속물인 것은 다름이 없군. 그래, 그깟 여자 하나 죽는다고 당신 인생이 어떻게 되지는 않을 테니까.

"좋을 대로 생각하십시오. 하지만 이것 하나는 확실하게 말해두고 싶군요. 당신들은 이 사악한 행동을 한 대가를 톡톡히 치르게 될 겁니다."

―어쭈! 배짱이 많이 늘었군. 좋아, 너희들 눈앞에서 도녀가 죽는 장면을 라이브로 보여주도록 하지. 어이, 수술방 잡아라!

―예!

순간, 챕스틱이 유주를 바라보며 말했다.

"…잡았다!"

"어디야?"

"망원동이다. 망원동 356―XX번지야."

"오케이, 좋아! 경찰특공대를 먼저 투입시켜서……."

멜리사는 고개를 가로저었다.

"으음, 그러면 쓰나?"

"……?"

"벌써 우리 쪽 히트맨들이 저놈들을 잡아 죽이기 위해 움직이고 있어. 당신들은 어지간하면 나서지 않는 것이 좋겠어."

"…경찰특공대가 나서지 않으면 지금 이 상황은 그저 불법적인 총격전에 불과하게 된다."

"그래, 그럴 수도 있겠지. 하지만 지금 경찰특공대까지 뜨면 배후 세력을 캐낼 수가 없어. 그놈들이 경찰에게 뭘 그렇게 많이 실토할 것 같아? 차라리 우리가 잡아서 죽기 직전까지 두들겨 패면 뭔가 나올 테지."

유주는 그녀의 말에 따르기로 했다.

"좋아, 그럼 우리 병력은 철수하겠다."

"좋을 대로."

정필목은 히트맨이라는 소리에 아주 떨떠름한 표정을 짓고 있었다.

"…괜찮겠나? 저들은 마피아인데 말이야."

"마피아지만 이 세상에서 가장 믿을 만한 사람들이죠. 저들은 최소한 같은 동료를 배신하는 일은 없습니다."

"그렇지만 나는 폭력 집단의 손을 빌리는 것이 썩 내키지가 않아."

그들의 얘기를 가만히 듣고 있던 멜리사가 물었다.

"좋아, 그럼 내가 하나만 묻지. 그러는 너희들은 얼마나 깨끗한데?"

"…뭐라?"

"경찰이고 대기업이고 부패하지 않은 조직도 있나? 우리는 최소한 이해관계가 없이는 총질 안 한다. 하지만 당신들은 이해관계가 없어도 자신의 이해 득실에 따라서 사람을 죽이는 부류 아닌가?"

"……"

아무리 유주와 정필목이 청렴결백하다곤 해도 그들이 몸담고 있는 조직은 이미 썩을 대로 썩어 있었다.

멜리사는 두 사람에게 자신의 부하들에 대해서 말했다.

"우리 조직은 적어도 서로를 배신하거나 뒷돈을 위해서 사람을 죽이지는 않는다. 그게 바로 당신들과 우리의 가장 큰 차이점이 아닐까?"

"…그건 그렇군."

그녀는 이제 자신이 맡은 바 임무에 충실하기 위해 움직이기로 했다.

"어이, 회장님. 언젠가 우리에게 고마워해야 할 날이 올 거요. 하지만 그땐 이미 두 번 다시 사이좋게 만날 수 있는 사이가 아닐 테지. 명심하쇼. 우리는 당신들처럼 내숭을 떨거나 호박씨를 까는 성격들이 아니라서 친해지긴 어려울 거요."

정필목은 자신의 어리석음을 한탄했다.

"그래, 직업에는 귀천이 없음을 아는 내가 이런 소리를 지껄인 것은 실언이지."

"편견은 깨지라고 있는 겁니다. 그냥 이번 기회로 편견이 깨졌다고 생각하시죠."

"…좋은 기회가 될 것 같군."

어쩐지 그의 얼굴에 씁쓸한 기운이 가득 찬 것 같아 보인다.

*　　　*　　　*

강진희가 북해빙궁에 와서 가장 먼저 한 것은 생명진으로 치료를 받는 것이었다.

아무리 영험한 명의라도 진기가 다 빠져버린 사람을 금세 살리는 것은 불가능하기 때문이다.

한빙검으로 만들어낸 생명진의 효험은 강진희를 이틀 만에 잠에서 깨어나게 만들었다.

"……."

"일어났습니까?"

"몸이 가벼워요."

"그래요. 몸이 가벼울 겁니다. 당신 안에는 이제 일반인과는 비교도 할 수 없는 아주 강력한 기의 흐름이 가리잡고 있습니다. 이제 이 기의 흐름이 없어지기 전에 심장을 단련시키는 수밖에 없습니다."

강진희는 태하의 말이 무슨 뜻인지 전혀 이해하지 못하고 있음에도 불구하고 그의 말에 전적으로 따르고 있었다.

그녀는 태하가 무엇을 하던 전부 다 수긍하고 수용하는 넓은 가슴을 가진 사람이었던 것이다.

이제 태하는 그녀에게 북해신공의 설풍심법을 전수해 줄 참이다.

"앞으로 당신은 내가 알려준 대로 호흡하고 대사하며 그에 따른 가르침대로 살아가야 합니다. 그렇지 않으면 기혈이 뒤틀려 피를 토하며 죽을 겁니다."

"알겠습니다."

태하는 그녀에게 설풍심법의 구결을 본격적으로 일러주었다.

"설풍심법, 원래는 음기가 강한 무공이라서 남자가 익히면 죽는 것으로 알려졌습니다. 그 옛날 대설녀라 불린 설태화라는 여자가 이 무공을 익혀 무림을 평정했지요."

"……?"

"뭐, 역사를 따지고 들어가자면 그렇다는 소리입니다. 아무튼 이 설풍심법은 당신의 심장을 튼튼하게 해주는 역할을 할 겁니다. 그 밖에 다른 특전이 있다면 신체능력이 아주 좋아질 것입니다."

"신체능력이요? 심법이라면 숨을 쉬는 방법인 모양인데 숨 쉬는 것이 바뀐다고 사람이 금세 좋아질까요?"

"좋아집니다. 충분히 바뀔 수 있어요."

태하는 그녀에게 양해를 구한 후 윗옷을 벗도록 했다.

"심장을 단련하는 혈도는 아주 정확해야 합니다. 윗도리를 벗어서 제가 혈도를 눌러야 하는데, 혹시 괜찮겠습니까?"

"…괜찮아요. 그보다 제 몸을 보면 많이 놀라실 텐데요?"

"뭐, 이런 미인의 몸을 본다면 누구라도 놀라겠지요."

짧은 농담을 건넨 태하를 가만히 바라만 보는 그녀, 그제야 그는 자신이 타이밍을 잘못 잡았다는 것을 인지했다.

"…미안합니다. 제가 원래 어색한 분위기를 별로 좋아하지 않아서요."

"아무튼 많이 놀라실 거예요. 그래도 괜찮아요?"

"괜찮습니다."

그녀는 태하 앞에서 천천히 옷고름을 풀었다.

스르르륵.

그러자 각종 수술 자국과 주사 자국이 난자한 그녀의 몸이 모습을 드러냈다.

"흉하죠?"

"많이 힘들었겠군요. 이 모진 세월을 도대체 어떻게 버텨냈습니까?"

"아까 당신이 말했지요. 누군가를 위해서 꼭 살아남아야 한다고. 그래요. 저도 한때는 그런 적이 있었어요. 그래서 죽을힘을 다해서 버텼죠. 하지만 이젠 그 이유가 사라져 버렸으니 반쯤 상해 버린 산송장이나 다름이 없어요."

그녀의 몸은 마치 소설 속 프랑켄슈타인처럼 온몸을 누더기 실밥으로 이어붙인 것 같은 모습이었다.

아마도 그녀는 자신의 이런 모습을 볼 때마다 큰 좌절감과 절망에 젖어들었을 것이다.

여자의 몸에 작은 상처 하나 남는 것만으로도 큰 충격일 텐데, 그 상처가 온몸 구석구석에 자리 잡는 것은 상상조차 할 수 없는 고통일 것이다.

태하는 그녀에게 앞으로 살아가야 할 날들에 고통보다 희망이 더 많을 것이라고 단언했다.

"이곳은 제 사부들이 죽음으로서 만들어놓은 곳입니다. 하지만 이곳에는 사람을 살리고 새로운 삶을 살아갈 수 있도록 해주는 희망이 더 많이 남아 있습니다. 단언컨대 당신은 이곳에서 기사회생해서 더 넓은 세상으로 나아갈 겁니다."

"…고마워요."

그녀의 모든 것을 접하고 나니 무공보다도 천하랑의 가르침을 더 먼저 알려야겠다는 생각이 든 태하다.

　"생명진이 대사를 주관하고 있기 때문에 몸이 이틀은 더 버틸 겁니다. 그동안 제 얘기를 좀 들어주시겠습니까?"

　"그래요. 안 그래도 당신과 당신의 은인들에 대한 얘기가 자못 궁금했어요."

　태하는 그녀에게 지금까지 자신이 겪은 일과 이곳 북해빙궁의 주인들이 겪은 얘기를 전해주기 시작했다.

＊　　　＊　　　＊

　무려 하루가 지났을 무렵, 태하와 그녀는 서로의 모든 것을 공유하는 사이가 되었다.

　그녀는 천하랑과 그 아내 설화령의 안타까운 사랑과 희대의 절학을 남긴 그들의 유지에 대해 전해 들었다.

　"그래요. 당신 말이 맞아요. 나 역시 희망을 갖고 살 필요가 있겠어요."

　"이제야 좀 제대로 된 여장부 같군요. 사부님께서 보시면 좋아할 겁니다."

　태하는 그녀에게 구배지례를 권했다.

　"당신도 이제 우리 사문의 제자가 되는 겁니다. 비록 무공을 익히는 일이 발생하지는 않을 것입니다만, 그래도 당신 역시 사부님들의 유지를 받드는 겁니다."

"좋아요, 그렇게 할게요."

그녀는 북해빙궁 대전에 절을 올리고 무릎을 꿇었다.

"저는 앞으로 의술을 배울 겁니다. 그리고 진법과 탄지공을 익혀 사람을 살리는 무공을 펼칠 거예요."

"상생이라……. 사부님께서 항상 말씀하시던 것이군요. 저는 요즘 그 가르침을 거꾸로 받들고 있습니다만, 당신은 애초에 목표를 다르게 잡았군요."

"저는 저니까요."

"후후, 그래요."

앞으로 그녀는 천하랑의 탄지공과 설화령의 진법을 익히고 북해빙궁에 쌓여 있는 무수한 의서를 통하여 의술을 익히게 될 것이다.

이제부터 그녀도 자신의 이상향을 통해 도약할 수 있는 기회가 생긴 셈이다.

태하는 그녀에게 설풍심법과 대설심법을 전수하기로 했다.

"설풍심법은 당신의 허약해진 몸을 극음의 기운으로 바꾸고 대설심법은 심장에 단전을 만드는 역할을 할 것입니다."

"알겠어요."

그는 설풍심법의 기학을 그녀의 몸에 아로새기기 시작했다.

툭툭툭!

"이 길을 기억하십시오. 이 길을 기억했다가 제가 만들어준 단전으로 모여든 진기를 운용하는 겁니다."

"알겠습니다."

태하는 그녀를 데리고 온천수가 솟아오르고 있는 지하 수로로 향했다.

솨아아아아!

아직도 진기가 넘실거리는 온천수에 몸을 담근 그녀는 태하가 일러준 심결을 그대로 되뇌면서 눈을 감았다.

그러자 그녀의 하단전에 아주 조금씩 진기가 스며들기 시작했다.

스스스스!

태하는 놀라움을 금치 못했다.

"…이렇게나 빨리 진기의 그릇이 만들어지다니……!"

그는 그녀의 팔목을 잡고 진맥을 시작했다.

두근두근.

아주 옅은 심장 박동과 들릴 듯 말 듯 한 진기의 이동까지 그녀의 상태는 언뜻 보기엔 아주 약골처럼 보였다.

하지만 태하는 그녀에게 일어난 가장 큰 문제가 무엇인지 금세 깨달을 수 있었다.

'심장에 음기가 내려앉았구나! 그래서 들어오는 진기를 전부

차단시켜서 장기들이 서서히 죽어가고 있었던 거야!'

태하는 그녀의 심장에 가득 차 있는 음기를 그대로 받아들여 단전에 녹아들도록 했다.

툭툭, 팟!

그러자 그녀의 몸에서 은색 빛이 발하면서 엄청난 기세의 진기가 응축되기 시작했다.

고오오오오!

"으윽!"

그 기세가 어찌나 대단하던지 이제 막 현경을 넘어선 태하가 감당하기에도 벅찰 지경이다.

태하는 그녀의 몸이 말로만 듣던 음수하지체라는 것을 알 수 있었다.

'음기가 강한 그녀의 몸에 균형을 맞춰주고 심장을 다시 활발히 만들어줌으로써 주변의 음기를 전부 자신의 것으로 만들 수 있는 기반이 생긴 것이로구나! 우연도 이런 우연이 다 있나!'

대부분의 무공은 양기와 물질계에 근접해 있기 때문에 음수하지체가 익힐 수 있는 무공은 단 하나뿐이었다.

북해빙공의 무공은 음기를 기본으로 하는 절학이기에 그녀의 몸에서도 거부반응이 일어나지 않은 것이다.

태하는 이제 그녀의 몸이 알아서 적응하도록 내버려 두기로 했다.

설풍심법을 모두 익혀 튼튼한 근골을 회복하고 내공이 가득 찬 혈도를 갖게 된 그녀는 대설심법을 통하여 심단전의 생성에 박차를 가했다.

태하는 그녀의 몸에 쌓여 있는 마지막 양기를 몰아내고 그녀의 혈도가 대설심법을 통하여 숨을 쉴 수 있도록 인도했다.

툭툭툭!

"우웩!"

"뜨거운 것이 빠져나온 겁니다. 이제 당신의 몸에는 양기란 남아 있지 않아요."

"고, 고마워요."

그녀는 태하처럼 무학을 익히기 위해 심법을 배운 것이 아니기 때문에 특별한 수련법이 필요하지는 않았다.

다만 그녀가 원하는 진법을 사용하고자 한다면 일정한 양의 진기가 필요하기 때문에 심단전을 단련하는 수련의 기간이 필요한 것은 사실이었다.

그리고 그것은 앞으로 그녀의 심장이 다시는 폭주하지 않도록 도와주는 역할을 하게 될 것이다.

태하는 온천에 가부좌를 틀고 앉아 반신을 탕에 담근 그녀의 심장을 지나는 혈도 열 곳을 자극했다.

툭툭툭, 팟!

"으윽!"

"괜찮습니다. 처음으로 진기가 심장을 향하는 터라 그렇습니다. 심장이 자꾸 뜨끔뜨끔하고 시릴 겁니다. 그것은 원래 일어나는 자연스러운 현상이니 크게 신경 쓸 필요 없어요."

"알겠습니다."

그녀의 몸을 타고 흘러들어 간 진기는 이제 심장에 새로운 단전을 형성하기 위해 아주 날카롭고 신경질적으로 변해 있었다.

이제 태하는 이 신경질적인 성향을 이용하여 혈도를 넓히고 그 안에 단전이 자리 잡도록 유도했다.

'나한천수!'

타타타닥!

일타에 열 번의 수법을 날린 태하로 인하여 그녀의 기혈이 서서히 들끓기 시작했다.

쿠그그그그!

'이때다!'

서서히 넓어지는 심장의 혈도 중에서도 가장 단단한 부분과 우심실에 자극을 주었다.

쉬이이익!

순간, 그녀의 심장에서 이를 드러내며 으르렁거리던 진기들은 이제 새로 만들어진 집으로 차곡차곡 들어가 안착하기 시작했다.

"후우!"

그녀의 입에선 은빛 입김이 새어 나왔고, 북해빙궁의 냉기는 그녀의 심장에 더 많은 진기를 밀어 넣었다.

뚜두두둑!

바로 그때, 그녀의 신체에 나 있던 상처가 모두 다 아물면서 머리색과 눈동자가 은색으로 변해갔다.

그리고 대략 20분 후엔 그녀의 머리와 눈동자 색이 은은한 은청색으로 변해 있었다.

이제 그녀는 자신의 몸이 변해 있다는 것을 스스로 느낄 수 있었으며, 희끄무레하던 안색이 보들보들하게 빛나고 있다.

"내, 내 몸이……."

"이제 변화가 시작된 모양이군요. 앞으로 경과를 더 지켜봐야겠습니다만, 이 정도면 살아가는 데 별 지장은 없을 겁니다."

"…고맙습니다! 정말 고마워요!"

"하하, 별말씀을요."

그녀는 이제 새로운 삶을 얻었고, 그 삶을 통하여 스스로 변화하며 살아가게 될 것이다.

약속한 기한은 이 주일, 두 사람이 이곳에 온 지는 이제 나흘이 지나고 있었다.

그녀의 몸은 서서히 좋아지고 있었고, 조만간 완치라는 말을 들어도 이상할 것이 없는 상태가 될 것이다.

그동안은 북해빙궁에 머물면서 몸을 요양시켜야 했다.

태하는 그녀가 이곳에 있는 동안 원하는 책을 실컷 읽고 나중에 드라이버 사태가 끝나게 되면 조금 더 심오한 공부를 시작할 수 있도록 도와주기로 했다.

"이곳의 대서고에는 당신의 원하는 모든 지식이 있습니다. 이곳에서 지식을 쌓고 제1창고에 있는 물건들로 마음껏 실험하세요. 실험체는 도처에 널려 있으니 알아서 고르시고요."

"네, 알겠습니다."

북해빙궁에는 사람과 비슷한 모양을 가진 설인과 얼음괴물이 많으니 혈도를 익히는 데 제법 도움이 될 것이다.

태하는 북해빙궁의 제자가 된 그녀에게 이곳을 지키고 사랑하는 방법에 대해 설명했다.

"서고를 비롯한 모든 시설을 사용하는 대신 우리가 아닌 다른 사람들은 이곳에 들여선 안 됩니다. 그리고 우리가 배운 가르침은 우리만 알고 있어야 합니다. 아시겠죠?"

"물론입니다. 하지만 제가 원하는 것은 모두 보고 익혀도 상관없겠지요?"

"당신은 이곳의 제자입니다. 원하는 것이 있으면 취하시되 앞으로 이곳이 더 아름다워지도록 노력해 주십시오."

"알겠습니다. 평생 북해빙궁을 가꾸고 발전시키는 데 최선을 다하겠습니다."

그는 대서고에서 그녀에게 도움이 될 만한 책들을 추천해 주었다.

"고대의 화타가 저술한 서책과 동의보감의 탁본, 사상의학 서적의 탁본들이 도움이 될 겁니다. 그리고 약초학은 전설의 심마니 독선의 것을 참고하시고요."

"독선이요?"

"독에 대해선 모르는 것이 없는 사람이었습니다. 아시다시피 독을 안다는 것은 약을 안다는 것과 다를 바가 없지요. 그는 이 세상에서 만들지 못하는 약이 없었다고 합니다. 그가 남긴 철학들을 연구하다 보면 사람들에게 도움이 되는 것을 많이 만들 수 있을 겁니다."

"흠, 그렇군요."

"마지막으론 설화령 사부의 진법 책을 읽고 그 안의 내용을 완벽히 이해하세요. 그럼 저절로 어떻게 진법을 발전시켜야 할지 답을 찾을 수 있을 겁니다."

"알겠습니다."

대서고에서 챙겨야 할 기본 서적은 다 챙겼으니 이제는 제1 창고에 쌓여 있는 약재와 침구에 대해 설명할 차례다.

태하는 만년한철을 제련시킨 후 그 안에 진기의 구슬을 넣어 곱게 간 회선침전을 선물로 주었다.

"출처가 어딘지는 알 수 없습니다만 내공에 반응하는 회선침전이 있습니다. 모두 5천 개의 침으로 이뤄진 이 회선침전을 가지고 무공을 연마한다면 침술에 무궁무진한 발전이 있을 겁니다."

"침으로 무공을 연마한다니요?"

"잘 보십시오."

태하는 천검진의 전개를 회선침전에 대입시켜 침의 폭풍우를 만들어냈다.

쉬이이이이익, 파바바밧!

어지럽게 날아다니는 회선침의 향연은 그야말로 압권이라 할 만했지만 이 모든 것을 그녀가 스스로 해내긴 불가능할 것으로 보였다.

하지만 회선침전에는 그녀가 침을 자유자재로 부릴 수 있는 신기한 기능이 숨어 있었다.

태하는 그녀에게 회전심전의 뚜껑에 피를 한 방울 떨어뜨릴 것을 지시했다.

"손에서 피를 내십시오. 그리고 회선침이 들어 있는 침전의 뚜껑에 피를 떨어뜨려 보세요."

"알겠어요."

뚜둑!

침으로 피를 낸 그녀가 회선침전의 뚜껑에 한 방울 떨어뜨리자 침전이 붉은빛을 발하기 시작한다.

우우우우웅.

그리고 잠시 후엔 그녀의 머리색과 똑같은 은청색의 기운이 넘실거렸다.

"이건……."

"당신의 피와 반응하여 침과 당신이 하나가 된 겁니다. 저도 사부님께 언뜻 들은 것이라 확신은 못하고 있었는데 정말로 되는군요."

그녀는 시험 삼아 회선침전을 사용해 보기로 했다.

촤라락!

오른손을 뻗은 그녀의 손짓에 따라서 침전은 마치 철새들의 군집처럼 물결치기 시작했다.

휘잉, 휘잉!

"와아! 이런 말도 안 되는 일이!"

"앞으로 당신이 바로 이 회선침전의 주인입니다. 고로 힘을 가진 사람으로서 책임 있는 행동을 하시기 바랍니다."

"명심하겠습니다."

그녀는 이제 약자가 아닌 진정한 강자로 조금씩 거듭나고 있었다.

＊　　　＊　　　＊

늦은 밤, 제프의 위성전화기가 울린다.

따르르르룽!

재빨리 전화를 받은 그는 발신자가 누구인지 단박에 알아맞히었다.

"보스! 성공하셨습니까?"

─그녀는 아주 건강하게 다시 태어났다. 이제 이 세상 그 어떤 누구도 그녀를 건드릴 수 없을 것이다.

태하의 전화를 받은 그는 멜리사에게 공격을 시작하라는 신호를 보냈다.

"돌입하자."

"알겠다."

제프는 이제 곧 모든 상황을 정리할 것임을 암시했다.

"보스, 말씀하신 대로 역추적에 걸린 놈들을 이제 깡그리 정리해 버리겠습니다."

─그래, 다시는 개소리할 수 없도록 짓밟아버려.

"예, 보스!"

제프와 멜리사는 무려 300명이나 되는 히트맨을 이끌고 협박 전화의 진원지를 향해 돌입했다.

쾅!

허름한 창고에 이중 회선을 깔아놓고 협박 전화를 걸고 있던 일당은 제프와 멜리사의 등장에 황급히 몸을 피하려 했다.

하지만 사방이 총을 든 히트맨들에게 막혀 있으니 이것이야 말로 진퇴양난이 따로 없었다.

"제기랄! 어느 틈에……!"

"손을 들고 투항하지 않으면 아주 뼛속까지 찌릿찌릿하게 족 쳐 주겠어."

"…빌어먹을!"

더 이상 도망갈 틈이 없어졌다고 판단한 그들은 두 손을 머리 위로 올린 채 무릎을 꿇었다.

히트맨들은 필요 이상의 학살은 피하라는 태하의 지시에 따라서 그들을 포박하고 무기를 회수하여 차에 태웠다.

제프는 이 중에서 가장 직급이 높아 보이는 사람을 잡아서 따로 심문하기로 했다.

"멜리사, 심문은 내 체질이 아닌데 할 수 있겠나?"

"실토하지 않으면 피를 토하면서 죽게 될 거다. 실토할 수밖에 없을 거야."

굳이 심문을 받지 않아도 그는 공포에 덜덜 떨면서 자신이 해야 할 말을 순순히 다 뱉어낼 준비를 하고 있었다.

"사, 살려만 주십시오! 시키는 것은 뭐든 다 하겠습니다!"

"…뭐야? 무슨 협박범이 이렇게 형편없는 것이지?"

"우리는 그냥 웬 깡패 놈들이 시키는 대로 움직였을 뿐입니다! 다른 의도는 절대로 없었다고요!"

"깡패?"

"경기도에서 꽤 큰 사업장을 가진 놈들이랍니다. 워낙 무지막지해서 저희들은 어찌할 수가 없었습니다!"

"너희들은 그저 깡패들이 시킨 대로 움직인 것뿐이다?"

"예, 그렇습니다!"

멜리사는 그의 뺨을 거칠게 후려쳤다.

짜악!

"으윽!"

"이런 개자식을 보았나? 내가 그렇게 만만한 사람으로 보이나?"

"그, 그게 무슨……."

"네놈이 말하는 깡패들, 혹시 광주의 독사파를 말하는 것이냐?"

"네, 네! 맞습니다! 바로 그놈들입니다!"

바로 그때, 히트맨들 틈바구니에서 목발을 짚은 독사 편승환이 걸어나왔다.

"…이런 개새끼! 감히 내 이름을 팔아먹어?"

"허, 허억! 네, 네놈이 어떻게 여기를……!"

"이곳에서 남의 뒤통수를 치고 있다는 소리를 들었을 때 딱 너라는 감이 왔다! 그래서 굳이 먼 길에도 달려온 것이지!"

편승환은 목발로 그의 머리통을 후려갈겼다.

빠악!

"크헉!"

"이런 미꾸라지 같은 새끼, 평생 사람 뒤통수나 치면서 사니 그 맛이 좋던?"

"독사 이 새끼, 아직 안 죽은 것이냐!"

"너를 이대로 가만히 내버려 두고 나만 죽을 수는 없지."

제프는 독사에게 사정을 물었다.

"누구요?"

"우리가 일본에서 시신이나 빼돌리고 있을 때, 이놈이 광주의 일본맥주 지분을 다 먹어치웠습니다."

"뒤통수를 친 것이군."

"누구는 죽어라 고생하고 있을 동안 이놈만 호의호식하게 된 것이지요."

"개자식이군."

멜리사는 그의 얘기를 가만히 듣고 있다가 시신에 대한 부분에서 눈을 번쩍 떴다.

그녀는 시신을 처리한 사정에 대해 자세히 물었다.

"그나저나 그 일본에서 가지고 왔다는 그 시신 말이야. 독사파 혼자서 일을 맡아서 한 것 아니었던가?"

"아닙니다. 이놈의 조직도 함께 동원되었습니다. 목포 독가스파, 원래는 이놈들이 우리와 원래는 한패였다는 소리입니다."

"그런데 지금 이놈들이 왜 이 사건과 연루되어 있던 것이지?"

"아마도……."

제프는 독가스파 보스 정재준의 턱을 손으로 꽉 잡으며 물었다.

턱!

"으윽!"

"바른대로 말하면 목숨만은 살려주마."

"…뭘 말입니까?"

"네놈이 어째서 평화그룹과 관련되어 있냐는 것이다."

그는 모든 것이 다 끝났다는 듯 체념한 얼굴이다.

"이 판국에 제가 거짓말을 해봐야 전혀 소용 없을 것 같군요."

"잘 아는군."

"그래요. 내가 시신도 만지고 놈들 밑도 닦아준 사람입니다. 젠장, 박평식 그 개자식이 사람을 쥐고 흔드는데 어쩔 수가 있어야지요."

"박평식?"

"네, 박평식 의원이요. 그놈이 박정일과 짝짜꿍 맞춰서 사람을 아주 개처럼 부려먹었습니다. 만약 자신들의 입맛에 맞지 않으면 다 쓸어버리고요."

"흠……."

"그놈만 없으면 아주 두 발 쭉 뻗고 잘 수 있을 것 같습니다. 정말로요."

독사 역시 독가스가 말하는 점을 아주 십분 이해하는 것 같았다.

"개자식, 그 새끼만 아니었어도 내가 이렇게 졸부 건달로 살아가지는 않았을 텐데!"

"미친놈, 넌 원래 거지새끼 아니었냐?"

"그런데 이 새끼가?"

정재준과 편승환은 철천지원수임과 동시에 같은 처지에 놓인 동병상련의 짝이었던 것이다.

제프와 멜리사는 이제 그들을 한 방에 보내 버릴 제대로 된 무기가 완성된 느낌이 들었다.

"이 사실을 보스께 알리는 편이 좋겠군."

두 사람은 독사와 독가스를 대동한 채 BS그룹 한국지사의 지하실로 향했다.

                    *   *   *

　심장이 완벽하게 정상으로 돌아온 강진희가 한국으로 귀향
했다.

　완벽하게 정상인이 된 그녀를 바라보며 정칠목 회장이 뜨거
운 눈물을 흘렸다.

　"흑흑, 정말 네가 다 나았구나! 나는 너를 꼭 잃는 줄만 알았
다!"

　"그럴 일 절대로 없어요. 그러니 안심하세요."

　태하는 그에게 자신이 약속을 지켰음을 확신시켰다.

　"이제 저에 대한 신뢰가 좀 생기셨습니까?"

　"…물론입니다! 당신이 없었다면 우리는 지금쯤 참담한 상황
속에 놓여 죽을 때까지 후회나 곱씹고 있었을 겁니다."

　"아무튼 일이 잘 풀려서 다행입니다."

　이제 태하는 강진희가 회사를 되찾고 저들의 야욕을 눌러
버릴 방법을 고안해 내기로 했다.

　그는 제프와 멜리사가 알아낸 사안들에 대해 설명했다.

　"제가 박살을 내버린 광주 독사파와 목포 독가스파가 평화그
룹, 엘란튼 그룹과 연관되어 있답니다. 한마디로 놈들은 한통
속으로 더러운 짓을 벌이고 있다는 뜻이지요."

"만약 그렇다면 어떻게 하면 좋겠습니까? 이대로 둔다면 놈들이 데이즈를 먹어치울 텐데."

정칠목 회장은 자신이 이 사태를 종식시키기로 했다.

"우리가 데이즈와 에이트를 모두 다 먹어치웁시다."

"역으로 우리가 두 회사를 인수하잔 말씀이십니까?"

"그렇습니다. 나에게 자금이 충분하니 데이즈와 에이트를 한꺼번에 먹어치우는 겁니다."

"으음, 하지만 그게 가능하겠습니까? 엘란트 그룹에서 에이트를 쉽게 빼앗길까요?"

"어차피 지금 데이즈와 드라이버를 인수하지 못하면 에이트의 주가는 폭락하게 되어 있습니다. 아마도 그때쯤이면 엘란트에서 에이트를 버리지 못해 안달이 날 겁니다."

"그래요. 그런 방법이 있었군요."

정칠목은 태하에게 데이즈와 에이트의 인수 합병은 그가 진행하도록 양보했다.

"귀사에서 데이즈와 에이트를 인수해 주셨으면 합니다. 자금이 모자란다면 우리가 출자를 해드릴 수도 있습니다. 가능하시겠습니까?"

"자금은 우리도 충분합니다. 하지만 그래도 괜찮겠습니까?"

"어차피 세 회사를 모두 인수 합병 시키는 것은 애초에 불가능한 일입니다. 사업 분야가 너무 많이 겹치니까요. 회사의 입장에선 그다지 좋은 일이 아니지요."

"그렇군요."

사실은 포털사의 대통합은 드라이버에게 독과점이라는 엄청
난 메리트를 가져다주겠지만, 그는 과감히 인터넷 독재를 포기
했다.

그것이 바로 누군가의 야욕을 억제시킨 진짜 의의라고 생각
하고 있는 것이다.

태하는 자신이 직접 회사를 인수하기로 했다.

"지금 데이즈는 빚의 수렁에서 허우적거리고 있습니다. 그들
에게도 사정은 있겠지만 독가스파가 인수하기로 한 지분을 고
스란히 드라이버에서 인수하고 자금을 인도하겠습니다."

"좋습니다. 함께 손을 잡고 놈들을 깔아뭉개 봅시다."

두 사람은 뜨겁게 손을 맞잡았다.

*   *   *

완연한 겨울, 따뜻한 커피를 손에 들고 있던 민지영은 얼마
전 자신에게 다가온 브런치 청년이 자꾸 머릿속을 맴돌았다.

"…이상한 일이네. 그런 무례한 사람이 뭐가 좋다고 계속 생
각날까?"

그녀는 저돌적이면서도 지적인 그의 태도가 너무나도 마음

에 들었다. 하지만 그의 매력 때문에 그가 떠오르는 것만은 아니었다.

지금 그녀는 AS미디어그룹에서 쫓겨날 것이라고 반쯤 확신하고 있었고, 그로 인하여 자신이 설 자리가 점점 더 좁아진다고 생각했다.

그렇게 생각하고 나니 처음 보는 카미엘이라는 그 남자가 자꾸 생각나고 있었던 것이다.

결국 그녀는 핸드폰을 손에 들었다.

"후우, 한번 연락이나 해보자."

그녀는 핸드폰을 들고 카미엘 엑트린의 전화번호를 눌렀다.

뚜우—

신호가 그의 핸드폰을 향하고 있고, 그녀는 아주 긴장된 표정으로 일관했다.

하지만 바로 그때, 그녀의 뒤로 무언가 묵직한 것이 날아와 부딪쳤다.

빠악!

"……."

그녀는 머리를 딱딱한 둔기로 얻어맞았고, 그 즉시 정신을 잃고 쓰러지고 말았다.

—여보세요? 누구시죠? 여보세요?

전화기 너머로 카미엘 엑트린의 목소리가 흘러나왔다.

그의 목소리가 어렴풋이 들린 까닭에 그녀는 아주 흐릿하게 정신을 차렸다.

그리고 그런 그녀의 눈동자로 검은색 복면을 쓴 사내들이 자신을 포박하는 것이 보였다.

"사, 살려주……."

"입부터 막아야겠는데?"

그들은 민지영의 몸과 입까지 모두 포박시킨 후에야 그녀를 차에 실었다.

드르륵!

검은색 승합차의 문이 열리며 그 안의 내부가 어렴풋이 눈에 들어오는 것 같았다.

바로 그때, 승합차 문이 다시 닫힐 즈음 한 남자가 카페로 찾아 들어갔다.

'카미엘?'

그는 이 근방에서 그녀를 찾아 돌아다니다가 잠깐 자리를 비운 모양이었다.

며칠 전부터 자신과 얘기하고 싶다면서 계속 카페를 찾아오다가 오늘은 어쩐 일로 자리를 비워 버렸다.

그래서 그에게 전화를 했던 것인데 타이밍이 너무 좋지 않았다.

'살려주세요…….'

그녀의 외침은 카미엘에게 닿지 못했고, 검은색 승합차는 어디론가 멀리 떠나고 있었다.

*　　　*　　　*

서울 대치동의 한 아파트.

드르르륵.

엘리베이터가 아파트 18층으로 올라가고 있다.

유주는 그 아파트 엘리베이터에 몸을 실은 채 꾸벅꾸벅 졸고 있었다.

"드르릉!"

이 찰나의 순간에 코까지 고는 것을 보면 그녀의 요즘 생활이 얼마나 고단한지 알 수 있었다. 하지만 그런 그녀의 쪽잠을 방해하는 사람이 엘리베이터에 탑승했다.

딩동!

"츄릅!"

화들짝 놀라 잠에서 깬 유주는 옆으로 살며시 고개를 돌렸다.

그녀는 곧장 자신을 자책했다.

'젠장, 젠장! 쪽팔려서 어쩌지? 이제 시집은 다 갔네!'

한참을 괴로워하던 그녀는 그를 곁눈질하면서 상황을 지켜보았다.

하지만 이상한 것은 그가 엘리베이터 층수를 누르지 않았다는 점이다.

그녀는 그에게 행선지에 대해 물었다.

"18층에 사시나 봐요?"

"아, 예."

순간, 유주는 그가 자신을 의도적으로 따라왔다는 것을 어렵지 않게 알아낼 수 있었다.

18층부터 25층까지는 단독 세대로 구성되어 있어서 다른 사람이 이웃으로 산다는 것은 말도 안 되는 일이기 때문이다.

그녀는 곧바로 사내의 턱으로 주먹을 날렸다.

퍼억!

"크윽!"

"이런 빌어먹을 자식, 어디서 보낸 새끼냐!"

사내는 유주의 주먹을 맞고는 재빨리 주머니에서 총을 꺼내려 움직였다.

하지만 그녀는 그의 주머니를 발로 걷어찬 후 곧바로 허벅지를 구두 굽으로 걷어차 버렸다.

빠악!

"으윽!"

이윽고 그녀는 중심이 기울어진 그의 몸통을 잡고 회전하면서 다리로 무너진 중신에 하중을 실었다.

그러자 그의 몸이 바닥을 나뒹굴었고, 유주는 그의 팔을 잡고 암바를 시전했다.

뚜두두둑!

"끄아아아악!"

"이 새끼, 뭐 하는 자식이야? 죽고 싶냐?"

"이 애미나이, 지독한 물건이구만기래! 이거 놓으라우!"

순간, 그녀는 자신의 앞에 있는 사람이 간첩이라는 사실을 어렵지 않게 알 수 있었다.

"이 새끼, 넌 오늘 내가 잡는다!"

딩동!

문이 열리자마자 그는 미친 듯이 비상계단을 따라 달렸고, 유주는 아파트의 모든 문을 차단하도록 경비실에 연락했다.

"간첩입니다! 저는 서울지검 공안부 박유주 검사입니다! 지금 당장 102동 문을 폐쇄하세요! 어서요! 긴급 사항입니다!"

철컹, 철컹!

그녀의 지시에 의해 모든 문이 닫혔고, 그녀는 주머니에서 권총을 꺼내어 조용히 그의 뒤를 쫓았다.

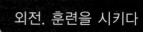
외전. 훈련을 시키다

태하는 오랜만에 휴가를 즐기고 있었다.

지금까지 살면서 제대로 된 휴가를 즐겨본 적이 언제인가 싶다.

그는 온천을 찾기로 하였다.

늦게까지 늘어지게 자고 일어나 주섬주섬 옷을 입고 모자를 썼다. 그러고는 근처에 위치하고 있는 온천으로 가는 것이다.

"으하하하함! 좋구나."

휴식이라는 것은 항상 필요한 일이었다.

태하는 일도 그렇지만 휴식에 대해서도 꽤나 중요하게 생각하고 있었다. 휴식을 하지 않은 사람은 제대로 일을 할 수 없다는 것이 바로 태하의 지론이었다.

한가한 목욕탕의 전경이 눈에 들어온다.

역시나 평일 낮이라 그런지 사람은 별로 없었다.

"으허! 좋다."

그는 탕 안으로 들어가 잡생각에 빠져들었다.

아버지와 좋지 못하게 헤어진 미아가 갑자기 생각나 머리가 복잡해져 오고 있다.

"미아는 괜찮을까?"

＊　　　　＊　　　　＊

얼마 전, 태하는 태희를 게임 중독에서 벗어나게 하였다. 그리고 자신의 집에서 함께 살면서 게임 중독 대신에 서서히 회사 일에 재미를 붙여가는 중이다.

그런 그녀를 아직도 곁에서 지켜주고 돌보아주는 태희의 언니 태주이지만 아이와 아버지의 일을 생각하면 자신의 집안일만 해도 벅찰 것이다.

태하는 모녀가 안쓰럽고 보고 싶은 감정이 폭발했다.

"잘 지내려나."

그러고 보니 귀국 날에 한 번 보고는 몇 달을 보지 못했다.

태하는 탕에서 나와 씻은 후 필란드 사우나로 들어갔다.

뜨거운 돌 옆에는 바가지가 하나 있었는데, 그 안에는 박하물이 가득 들어 있다. 그는 한 바가지를 퍼서 뿌렸다.

촤아아아악!

사방으로 박하 향이 번져 나간다.

"좋군."

가능하면 오늘은 그저 이렇게 여유나 즐기고 영화나 보아야겠다고 생각했다. 이런 것이야말로 홀로 즐기는 휴식이었다.

마사지까지 받고 난 후 태하는 바나나우유를 사서 휴게실로 들어왔다.

역시나 여기도 한가하다.

띠리리리링!

"끄응."

휴식을 방해 받고 싶지 않았지만 어쩔 수가 없다. 사촌 여동생인 태주가 전화를 걸어온 것이다.

"여보세요."

─오빠? 오늘 휴가라고 들었어.

"그래서 휴가를 즐기고 있지."

─미안한데, 우리 미아 학교에 좀 가줄 수 있어?

"무슨 일인데?"

여동생은 사정을 설명했다.

오늘 학부모 면담이 있는데 도저히 시간이 되지 않아 갈 수가 없다는 것이다. 부탁 좀 한다는데 태하로서는 한숨이 나올 일이다.

그러나 어쩔 수 없는 일이었다.

"…알겠어."

—고마워! 이 은혜는 정말 꼭 잊지 않을게! 오빠, 사랑해!

"그래."

—가서 잘해야 해! 알겠지? 믿을게. 혹시 담임이 젊고 예뻐도 꿰어내지 말고.

"뭐, 뭐라고?"

—아무튼 고마워!

뚜, 뚜, 뚜.

전화가 끊어진다.

태하는 한숨을 푹 내쉬었다. 학부모 면담은 학교가 끝날 즈음에 있었고, 자연스럽게 미아와 하루를 보내야 한다.

"큰일이군."

아이를 키워본 적도 없는 태하가 무슨 면담을 하겠는가?

그는 깊은 근심에 빠져들었다.

"일단 꽃단장부터 해볼까?"

태하는 자리에서 일어나 시가지로 향했다.

후우웅!

태하는 학교 주차장에 도착했다.

학부모 면담이라고는 하지만, 그가 실제 학부모는 아니었다. 그러니 뭘 어떻게 준비해서 방문을 해야 할지 알지 못하였다.

태하는 대충 정장을 입고 음료수를 샀다. 그래도 학교까지 방문을 하는데 빈손으로는 갈 수가 없기 때문이다.

그는 교무실에 도착했다.

"험험. 계십니까."

"어떻게 오셨나요?"

"이번에 전학 온 미아의 학부모 면담 때문에 왔습니다."

"그러시군요. 이쪽으로."

그는 담임에게 안내되었다.

담임은 20대 중반의 여성이었다. 아마 학교를 졸업한 후 곧바로 시험을 쳐서 선생이 된 것 같다.

그녀는 수심에 잠겨 있었다.

"아버님이신가요?"

"미아와 제가 많이 닮았나요? 외삼촌과 조카는 잘 안 닮는데 말이죠."

"저는 분명 학부모를 모셔오라고 했는데……."

"오늘 두 부부가 너무 바빠서 오지 못했습니다. 사는 것이 힘든 사람들입니다. 미아는 제 딸이나 다름없으니 기탄없이 이야기해 주십시오."

"왕따라고 들어보셨죠?"

태하의 얼굴이 일그러졌다.

왕따라면 집단 따돌림을 말한다. 최근에는 좀 없어졌는가 싶었는데 다시 기승을 부리는 모양이다.

담임은 미아에 대하여 이야기하였다.

미아는 다른 인종의 사람이고 한국어가 서툴렀다. 더군다나 미아의 성격은 조금 소심한 편이다.

막 전학왔을 방시에는 또래의 시선이 집중되었지만 미아의 성격이 그다지 활달한 편은 아니었다. 그 때문인지 반 내에서 따돌림을 당하던 것이 괴롭핌으로 이어지고 만 것이다.

그는 분노했지만 참았다.

"얼마나 괴롭힌단 말입니까?"

"조금 심하게요."

"어떻게요?"

"화장실에서 볼일을 볼 때 물을 끼얹는다거나 책을 찢어놓는다던지… 어떤 날에는 신발에 압정을 넣기도……."

"뭐라고요?"

태하는 소리를 빽 질렀다.

이것은 당연한 일이었다. 어떤 부모가 와서 듣는다고 하여도 똑같은 반응을 보일 것이다.

그런 일이 있었음에도 미아는 집에 알리지 않은 모양이다. 그 때문에 부모를 모셔오라고 한 것이다.

"미아가 그렇게까지 당하고 있었다니……"

속이 좋지 않았다.

지금까지 태하는 간단한 학부모 면담으로 알고 있었다. 그 때문에 동생의 부탁을 기꺼이 들어준 것이다.

하지만 이것은 생각보다 심각한 일이었다.

"미아 부모님께 말씀해 주세요."

"그리하겠습니다."

태하는 얼굴을 굳혔다.

학교 앞.

아이들이 등교를 하고 있다.

태하는 정문 앞에서 미아를 기다리고 있었다. 멀리서 미아가 보였는데, 눈살을 찌푸릴 만한 광경이 펼쳐지고 있었다.

아이들은 물풍선 놀이를 하고 있었는데, 일방적으로 미아에게 물풍선이 날아가고 있는 것이다. 요즘 아이들은 꽤나 영악했다.

사람들이 보지 않는 곳에서는 대놓고 괴롭히지만, 이렇게 탁 트인 공간에서는 놀이를 빙자하고 괴롭히고 있는 것이다.

태하는 이대로 참을 수가 없었다.

'그렇다고 애들을 팰 수도 없고.'

생각 같아서는 거꾸로 매달아놓고 볼기짝이라도 치고 싶었지만 요즘 세상에 그랬다가는 철창 신세를 면치 못할 것이다.

태하는 격체진공을 사용하여 물풍선을 조종했다.

퍼억!

"아아악!"

"아아아아앙!"

물풍선은 모조리 미아를 피하여 다른 아이들에게 적중했는데, 풍선에 맞아 멍이 들 정도였다.

"아아아앙!"

아이들이 넘어져 울음을 터뜨렸다.

"빌어먹을 자식들. 당해도 싸지."

미아가 그 틈을 타서 달려오고 있다.

"미아야!"

"삼촌!"

미아는 태하를 알아보았다.

조카딸은 태하에게 안겨서 몸을 떨었다. 말이 그렇지 집단 따돌림을 당한다는 것은 심적으로 엄청난 부담이었을 것이다.

"고생 많았다."

미아는 작게 고개를 끄덕였다.

근처 피자 가게에서 태하는 미아에게 먹고 싶은 것은 무엇이든 주문하게 하였다. 피자가 두 판에 여러 가지 부가적인 옵션이 있었다. 샐러드와 스파게티 등이 나왔고, 미아는 배부르게 먹기 시작했다.

"쩝쩝쩝."

"힘들지?"

"이 정도는 괜찮아. 견딜 수 있어요."

미아의 정신력은 웬만한 고등학생 수준이었다. 그 때문에 아이들의 장난이라고 알고 있던 것이다. 하지만 괴로운 것은 어쩔 수가 없는 일이었다.

"학교를 다니기에 괜찮니?"

"다만 아이들에게 복수를 해주었으면 좋겠어요."

"복수라……."

태하는 턱을 쓰다듬었다.

작은 복수 정도라면 해줄 수 있는 일이다. 하지만 복수라는 것은 자신이 해야 제맛이다. 다른 사람의 손을 통하는 것은 진정한 복수라고 말할 수 없었다.

태하는 결심을 굳혔다.

"오늘부터 당장 삼촌하고 운동하자."

"그럼 나도 강해질 수 있을까요?"

"강해질 수 있지."

"복수를 할 수 있다면 무엇이라도 하겠어요."

신발에 압정까지 넣는 놈들이 동창생이다. 그러니 미아가 직접 나서서 패지 않는다면 이 사태는 일단락되지 않을 것이다.

태하는 오늘부터 미아를 단련시켜 주기로 하였다.

*　　　　*　　　　*

후우웅!

훈련이 3주차에 접어들고 있었다.

태하는 아침마다 미아를 훈련시키기 위해 집으로 방문했다. 새벽 5시밖에 되지 않았지만 미아는 아예 마당에서 기다리고 있었다.

"삼촌 왔어요?"

"훈련이다."

"기다리고 있었어요."

팟팟!

그들은 근처 학교로 향했다.

태하는 복수를 시켜주기 위하여 미아를 훈련시켰지만, 의외로 조카딸이 기재 중 기재라는 것을 깨달았다.

무공을 가르치고 보니 보기 드문 천재였고, 무림에서 태어났다면 천하제일인을 노려도 될 정도였다.

원래 태하는 이렇게까지 본격적으로 무공을 수련시킬 생각은 하지 않았다. 적당히 아이들을 팰 수 있을 정도만 가르쳐 놓으려 하였지만 맛이 들린 미아는 더 높은 경지를 요구하고 있었다.

"오늘은 건곤일식에 대해 배워보자."

"건곤일식이요?"

"주먹질이라고 생각을 하면 돼."

"응!"

태하는 미아에게 건곤일식의 기본 묘리에 대하여 설명하고 직접 시범까지 보였다.

미아는 똑똑한 아이였다. 태하가 말하는 것은 모조리 흡수하였다가 시범을 보일 때에는 태하를 경악하게 만들었다.

미아는 경로를 모두 파악하고 있었다.

탓탓!

이제 미아의 주먹은 제법 매서웠다.

내공이 깃들어 나가는 주먹은 웬만한 성인도 나가떨어질 지경이다. 이 정도면 되었다고 생각했지만, 태하는 추궁과혈을 통하여 막혀 있는 기혈을 모조리 뚫어주기로 마음먹었다.

아직까지 미아의 혈맥에는 탁기가 많이 쌓이지 않았다.

기재라고 하는 것은 이해력과 더불어 근골이 타고나야 한다.

미아는 그 모든 것을 갖추고 있었다.

"오늘은 추궁과혈에 들어간다."

"추궁과혈?"

"벌모세수라는 말이 더 정확할 수도."

태하는 조카딸이 더 이상 괴롭힘을 당하지 않고 살기를 바랐다.

오늘 밤, 태하는 미아를 다른 사람으로 만들어주기로 마음먹었다.

저녁 무렵, 태하는 퇴근 후에 미아의 집을 방문했다.

딩동!

ㅡ삼촌이에요?

"그래. 나 왔다."

얼마 지나지 않아 미아가 뛰어나왔다.

여동생도 함께하고 있었는데, 저녁마다 그들이 운동을 나간다는 사실을 알고 있었기에 순순히 미아를 내보내 주었다.

태하는 미아를 차에 태웠다.

"준비는 됐어?"

"응."

오늘은 벌모세수를 하는 날이다.

원래 벌모세수는 태어난 직후에 하는 것을 원칙으로 한다.

이렇게 시간이 흘러 벌모세수를 하지는 않았다.

하지만 미아가 벌모세수를 원했다.

"복수의 날이 머지않았어."

태하의 집 침대 위에 미아가 누워 있다.

그는 숨을 몰아쉬었다.

이번 선택에는 결코 후회가 없어야 했다. 무공을 이 세상에 퍼뜨린다는 것 자체가 상당한 변화를 의미하기 때문이다.

하지만 태하는 미아의 괴로운 학교생활을 생각했다.

멸시와 무시는 그렇다고 치고 왕따에 괴롭힘을 당하는 것은 참을 수가 없었다. 그렇다고 자신이 나서서 복수를 할 수도 없는 일이다.

그는 격체진공을 시작했다.

퍽퍽퍽!

격체진공으로 벌모세수를 하는 것은 이 세상에서는 거의 불가능한 일이다. 그 정도 내공의 소유자는 이미 역사 속으로 사라졌기 때문이다.

미아의 몸은 공중으로 떠올라 몸 내부에서 터지는 소리를 내었다. 마치 폭죽이 터지는 것 같이 내부가 터져 나갔으며, 얼마 지나지 않아 혈이 하나씩 뚫리기 시작하였다.

"허억!"

미아가 눈을 떴다.

"어때?"

"모든 것이 달라 보여요."

"네가 기재이기에 가능한 일이다. 하지만 명심해라. 필요 이상으로 힘을 쓰지 않을 것을 말이다."

"약속할게요."

천하의 기재가 탄생하였다.

이것이 이 세상에 어떤 변화를 줄지 알 수 없었지만 태하는 결코 후회하지 않았다.

*   *   *

아침 무렵 미아는 일찍부터 일어나 운동을 시작했다.

삼촌이 알려준 마보부터 권술, 각술, 검술에 이르기까지 차례대로 수련하였으며 기초체력 단련과 내공심법으로 마무리를 지었다.

미아는 수련을 마치고 산에서 내려오고 있었다.

"어라?"

반의 많은 친구들이 그녀를 괴롭혔지만 특히나 주도적으로 괴롭히는 인간들이 있었다.

미아는 그들을 지칭하여 악마3천왕이라고 했는데 눈앞의 안창수는 그중 하나였다.

"큭큭. 어디 가나 봐?"

학교를 가고 있던 안창수이다.

미아는 안창수의 앞에 서서 다짜고짜 뺨을 후려갈겼다.

퍼어어억!

"커어어어억!"

이것은 뺨을 치는 수준이 아니었다.

안창수는 몸이 휘청거리며 뒤로 날려갔다.

"허억, 허억!"

"어때? 맛이 좋지?"

"도대체 이건……."

놈의 입술이 다 터졌으며 두려움에 떨고 있다.

짜악! 짜악!

미아는 안창수가 눈으로 좇지도 못할 정도로 뺨을 치고 있다. 놈의 얼굴은 점점 엉망이 되어갔다.

"으아아아앙! 살려줘!"

퍼어억!

"살려달라고? 그럴 수는 없지."

미아는 안창수를 골목으로 끌고 들어갔다.

퍽퍽퍽퍽!

"쿨럭!"

그녀는 외부에 드러나지 않게 얼굴을 제외한 몸을 두드렸다.

"으으으으, 살려……"

안창수는 오줌을 지렸고, 그제야 미아는 손을 멈추었다.

"아프기만 하지 걸을 수는 있을걸."

그녀의 말이 사실이었다.

안창수는 울면서 집으로 뛰어갔다.

미아는 기지개를 켰다.

"다 가만두지 않겠어."

복수는 이제 시작일 뿐이었다.

미아는 복도에서 실내화를 꺼냈다.

누군가 또 압정을 넣어두었다. 얼마 떨어지지 않은 곳에서 한 무리의 아이들이 키득거리고 있다. 이전 같았으면 압정을 빼고 신었겠지만 그럴 수 없었다.

일전에 압정을 밟아 병원까지 간 것을 생각하면 부아가 치밀어 올랐다.

스스슷!

미아는 이형환위를 사용하여 그들 뒤에 나타났다.

"으아아아악!"

악마3천왕 중 하나인 유민혁과 놈의 추종자들이다.

미아는 놈들의 마혈을 찍고 좌우를 둘러보았다.

학교에 일찍 온 놈들 잘못이다. 아직 너무 일러 학생들이 등교를 하지 않고 있었다.

미아는 과학실로 들어와 놈들을 거꾸로 매달았다.

미아는 마혈을 풀었다.

"도, 도대체 왜 그래!"

"왜 그러냐고?"

퍼억! 퍼억!

"끄아아아아아악!"

미아는 구타를 시작하였다.

지금까지 쌓여 있던 울분이 터져 나왔다.

"부모 욕을 해도, 화장실에서 물을 뿌려도 참았어. 그런데 네 놈들 똥을 내 실내화에 넣은 것은 너무했잖아."

"미, 미안해."

"이미 늦었어."

미아는 화장실에서 인분을 받아왔다.

구교사에는 아직도 푸세식 화장실이 남아 있었는데 그곳에서 똥을 퍼온 것이다. 미아는 놈들의 얼굴에 똥을 퍼 발랐다.

"어때? 좋지? 팩을 하면 좋아."

"우웨웨웨웩!"

퍽퍽!

미아는 그렇게 놈들을 기절시켰다.

"두 놈은 처리했고……."

'복수를 하려거든 철저하게 해야 한다. 다시는 기어오르지 못하도록 말이야.'

미아는 삼촌의 말을 철저하게 실행하고 있었다.

목숨에 지장이 없는 선에서 최대한의 공포를 심어주어야 하는 것이다. 그래야만 다시는 기어오르지 못한다. 아예 집에는 말도 할 수 없을 정도로 겁을 주어야 하는 것이다.

"마지막 한 놈 남았네."

미아는 교실에서 잠복하기로 했다.

마지막 한 놈은 소지환이라는 놈이다.

사실 여자들은 미아를 괴롭히기는 했어도 직접적으로 뭔가 하지는 않았다. 때리거나 구정물을 뿌리거나 여러 가지 육체적으로는 괴롭히지 않았던 것이다. 물론 그렇다고 그냥 여자들을 둘 리는 없었다.

최대한 공포심을 심어준다.

이것이 미아의 계획이다.

드르르륵.

미아는 책상에 엎드려 있었다.

퍼억!

소지환이 미아의 뒤통수를 쳤다.

"간지럽네."

"뭐라고?"

퍼어억!

커어어어억!

미아가 소지환을 한 대 치자 놈은 벽까지 날려가 부딪쳤다.

물론 적당히 쳤고 내공을 사용하여 수위를 조절했다. 무식하게는 보여도 실제로는 그렇지 않을 것이다.

미아는 달려가 놈의 머리통 오른쪽을 후려쳤다.

벽면을 주먹으로 때렸는데 시멘트벽이 갈라졌다.

쩌저저저적!

"허어어어억!"

"지금까지 나를 얼마나 괴롭혔어?"

쾅쾅쾅쾅쾅!

"으아아아아아악!"

직접적으로 때리지는 않았지만, 시멘트벽에 주먹이 선명하게 새겨지는 모습은 그야말로 경악할 일이었다.

소지환은 바닥에서 벌벌 떨고 있고 반 아이들은 입을 쩍 벌린 채로 다물지를 못하였다.

미아는 책상을 내려쳐 반으로 부쉈다.

빠각!

쩌저저저적!

"내가 참고 있었더니 가마니로 보이니?"

"미, 미안해. 살려줘!"

"내가 왜 그래야 하지? 너를 죽여도 감옥까지는 가지 않을 걸. 아직 만 열 살이 되지 않았으니까. 게다가 너희들이 단체로 나를 괴롭혔다는 증거가 있으니까."

"<u>으으으으!</u>"

미아는 살기를 방출했다.

사실 그녀의 살기는 열 살 어린아이가 감당하기는 벅찬 수준이었다.

소지환은 오줌을 질질 쌌다.

"살, 려줘… 사, 살려주세요……"

놈은 눈물과 콧물까지 질질 흘렸다.

미아는 뒤를 돌아보았다.

"으어, 으어."

여자들은 아예 입조차 열지 못하였고 남자들도 마찬가지였다.

미아가 앞으로 나아가자 그들은 뒤로 사정없이 물러났다.

"이제 좀 편하게 살 수 있겠네."

미아는 기지개를 켰다.

시멘트벽이 깨진 것이 문제가 될 수 있겠지만, 누구도 어린아이가 그렇게 만들었다고는 생각하지 못할 것이다.

그녀는 정말 편하게 잠들 수 있었다.

책상 위에서 잠들어도 아무도 건들지 않았다.

미아는 며칠 동안 정말 편하게 학교를 다닐 수 있었다.

이미 전교에는 소문이 쫙 퍼져 있었다. 한바탕 난리가 나기도 했지만, 어른들은 미아가 그런 엄청난 짓을 저질렀다고는 생각지 않았다.

그녀는 교실에서는 왕처럼 군림했다.

"과자 하나 사와."

"도, 돈이 없어."

"돈이 없으면 만들어서라도 사오던가."

"흐윽, 흐윽."

"네가 괴롭힐 때에는 몰랐지?"

미아는 당한 것을 차례대로 돌려주고 있었다. 겁을 잔뜩 주었지만, 그렇게 끝을 내지는 않을 것이다.

"오늘 하교하면……."

"하교하면?"

"죽을 줄 알아!"

"재밌겠는데? 그럼 너는 지금 죽여줄까?"

"으아아아아앙!!"

"가서 과자나 사와."

미아는 슬슬 복수를 그만두어야겠다고 생각했다.

애초에 무술을 배운 것은 사람들을 괴롭히기 위해서가 아니었다. 그저 너무 괴로웠기 때문에 배운 것이다.

미아는 그래도 다시는 자신을 건들지 못하도록 못을 박아두어야겠다고 생각했다.

"오늘 하교라……. 무슨 짓을 하려나."

미아는 아이들이 사오는 과자를 먹고 잠이 들었다.

요즘 들어 꽤 졸렸다. 키가 크는 것인지 학교가 너무 편해졌기 때문인지는 알 수 없었지만 잠이 계속 쏟아졌다.

딩동댕동!

종이 울리자 미아는 주섬주섬 가방을 챙겼다.

"미아! 교무실로 오렴!"

"네."

미아는 교무실로 불려갔다.

학생 상담실에서 담임선생과 마주 앉았다.

"아이들의 말이 사실이니?"

"거꾸로 매달아놓고 복수한 것이라면 제가 한 일이 맞아요."

"정말 네가 그랬어?"

미아는 고개를 끄덕였다.

담임 이소라는 어떻게 미아를 지도해야 할지 난감해하고 있었다. 미아는 아무것도 아니라는 듯이 입을 열었다.

"복수는 그만둘 생각이에요. 제가 지금까지 어떻게 살았는지 아시잖아요? 더 버텼으면 제가 자살을 하고 말았을 거예요. 그러니 이번 일은 이쯤에서 묻어주세요."

다행히 아이들은 부모들에게 일러바치지 않았다. 후환이 두려웠기 때문이다. 다만 이소라는 소문으로 미아가 범인이라는 사실을 알아내고는 불러들인 것이다.

"도대체 어떻게 한 거니??"

"혼자 무술을 터득한 것이죠."

"그걸 나보고 믿으라는 말이야?"

"믿지 못하시면 별수 없는 일이죠."

미아는 어깨를 으쓱였다.

참으로 어처구니가 없는 일이었지만 그녀의 말이 맞는지도 몰랐다. 더 이상 추궁하는 것도 쓸데없는 일이었다.

"가보거라."

미아는 하교를 하기로 했다.

교문 입구에서 웬 중학생들이 누군가를 기다리고 있었다.

소지환이 동네 형들을 부른 것이다.

"저런 꼬맹이에게 맞았다고?"

"맞은 정도가 아니라니까!"

"야, 와봐!"

중학생들이 미아를 불렀고, 그녀는 순순히 다가갔다. 일부러 골목까지 끌고 갔는데 중학생 다섯 명이 그녀를 둘러싼다.

"중학생 다섯이 초등학교 3학년 소녀를 둘러싸고 뭐 하는 짓들이야?"

"험험. 네가 지환이 때렸어?"

"그렇다면?"

"사과해라. 무릎 꿇고 빌면 살려주지."

"큭큭, 그래?"

팟!

미아는 몸을 날렸다.

중학생의 눈에는 미아의 몸이 보이지 않았을 것이다. 그녀는 몽둥이를 들고 이리저리 휘둘렀다. 그것은 바로 개방의 무공이라는 타단구퇴였다.

퍼버버버벅!

"끄아아아아악!"

보이지 않으니 잡을 수도 없다.

미아의 몽둥이는 피투성이가 되었고, 얼마 지나지 않아 그들은 바닥에 널브러졌다.

"무릎을 꿇도록."

"으으으으."

"더 맞고 싶으면 누워 있던지."

학생들은 잽싸게 무릎을 꿇었다.

"한 시간 동안 손을 들고 움직이지 않도록 한다. 만약 움직인다면⋯⋯."

퍼억!

쿠구구궁!

골목의 벽이 부서져 나갔다.

중학생들은 눈으로 보면서도 믿을 수가 없었다.

미아는 휘적휘적 골목을 빠져나갔다.

*   *   *

태하는 골목에서 일어나고 있는 일들을 바라보고 있었다.

미아는 충실하게 복수를 하였다. 얼마 전에는 담임에게서 전화가 왔고, 그는 미아에게 호신술을 알려주었다고 진술했다.

"어라? 삼촌?"

"복수는 끝냈느냐?"

"응. 삼촌 덕분에."

"앞으로도 할 거야?"

미아는 고개를 흔들었다.

"그럴 리가 없잖아. 복수는 이만하면 되었어요."

"그래."

태하는 미아의 머리를 쓰다듬었다.

어린아이가 이 정도의 절제력을 보인 것만 하여도 대단한 일이었다. 잘못하면 이성을 잃을 수도 있었다.

태하는 미아가 그저 대견하였다.

"먹고 싶은 것 있어?"

"피자!"

미아의 어두운 일면은 천천히 사라지고 있었다.

미아는 태하의 팔짱을 꼈다.

"삼촌, 고마워요."

"알면 됐다."

그들은 근처 피자가게로 향했다.

『도시 무왕 연대기』 8권에 계속…

이제부터 전자책은

이젠북

www.ezenbook.co.kr

새로운 세계가 열린다!

김재한 『성운을 먹는 자』   철백 『대무사』
니콜로 『마왕의 게임』   가프 『궁극의 쉐프』
이경영 『그라니트:용들의 땅』   문용신 『절대호위』
탁목조 『일곱 번째 달의 무르무르』 천지무천 『변혁 1990』
강성곤 『메이저리거』   SOKIN 『코더 이용호』

이름만 들어도 황홀할 정도의 별들의 향연!
이들의 "유료연재"가 시작됩니다!

검색창에 **이젠북**을 쳐보세요! ▼

초대형 24시 만화방

신간 100%, 샤워실, 흡연실, 수면실(침대석), 커플석, 세탁기 완비

■ 강북 노원역점 ■

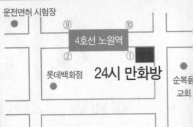

서울 노원구 상계동 340-6 노원역 1번 출구 앞 3층
02) 951-8324 (화용빌딩 3층)

■ 일산 정발산역점 ■

경찰서 ●   정발산역 ●

제2 공영주차장 ●   롯데백화점 ●

24시 만화방

```
E    C    A
     라페스타
F    D    B
```

라페스타 E동 건너편 먹자골목 내 객잔건물 5층
031) 914-1957

■ 일산 화정역점 ■

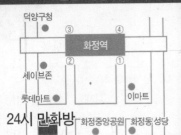

경기도 고양시 덕양구 화정동 984번지 서일빌딩 7층
031) 979-4874 (서일사우나 건물 7층)

■ 부천 역곡역점 ■

역곡역(가톨릭대)

● CGV

역곡남부역 사거리

24시 만화방   ● 홈플러스

● 삼성 디지털프라자

역곡남부역 기업은행 건물 3층
032) 665-5525

■ 부평역점 ■

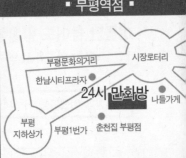

(구)진선미 예식장 뒤 보스나이트 건물 10층
032) 522-2871

paráclito

빠라끌리또

FUSION FANTASTIC STORY

가프 장편소설

막장 비리 검사가
최고의 검사로 거듭나기까지!
그에겐 비밀스러운 친구가 있었다.

『빠라끌리또』

운명의 동반자가 된 '빠라끌리또'가 던진 한마디.

-밍글라바(안녕하세요)!

그 한마디는 막장 비리 검사, 송승우의
모든 것을 통째로 리뉴얼시켜 버렸다.

빠라끌리또=Helper, 협력자, 성령.

Book Publishing CHUNGEORAM

유행이 아닌 자유추구 -
WWW.chungeoram.com

FUSION FANTASTIC STORY

임영기 장편 소설

바람의 마스터

Wind Master

중국집 배달원으로 평범한 삶을 살던 한태수.
음식 배달 중 마라톤 행렬에 휩쓸려
하프마라톤을 뛰게 되는데…….
늦깎이로 시작한 육상에서 발견한 놀라운 재능!

과거는 모두 서론에 불과할 뿐,
이제부터가 본론이다.
두 눈 똑똑히 뜨고 잘 봐라.
내가 어떻게 세계를 제패하는지……

남은 것은 승리와 영광뿐!

Book Publishing CHUNGEORAM

유행이 아닌 자유추구 -
WWW.chungeoram.com

허담 新무협 판타지 소설
FANTASTIC ORIENTAL HEROES

十字星
십자성
전왕의 검

신력을 타고났으나 그것은 축복이 아닌 저주였다.

『십자성 - 전왕의 검』

남과 다르기에 계속된 도망자의 삶.
거듭된 도망의 끝은 북방 이민족의 땅이었다.
야만자의 땅에서 적풍은 마침내 검을 드는데……!

"다시는 숨어 살지 않겠다!"

쫓기지 않고 군림하리라!
절대마지 십자성을 거느린
적풍의 압도적인 무림행이 시작된다!

Book Publishing CHUNGEORAM

유행이 아닌 자유추구 -
WWW.chungeoram.com

이계진입
리로디드

임경배 퓨전 판타지 소설
FUSION FANTASTIC STORY

『권왕전생』임경배의 2015년 신작!

『이계진입 리로디드』

왕의 심장이 불타 사라질 때,
현세의 운명을 초월한 존재가 이 땅에 강림하리라!

폭군으로부터 이세계를 구원한 지구인 소년 성시한.
부와 명예, 아름다운 연인…
해피엔딩으로 이야기는 끝인 줄 알았건만
그 대가는 지구로의 무참한 추방이었다.
그리고 10년 후……

"내가 돌아왔다! 이 개자식들아!"

한 번 세상을 구한 영웅의 이계 '재'진입 이야기!

Book Publishing CHUNGEORAM

유행이 아닌 자유추구 -
WWW.chungeoram.com

paráclito

빠라끌리또

FUSION FANTASTIC STORY

가프 장편 소설

막장 비리 검사가
최고의 검사로 거듭나기까지!
그에겐 비밀스러운 친구가 있었다.

『빠라끌리또』

운명의 동반자가 된 '빠라끌리또'가 던진 한마디.

—밍글라바(안녕하세요)!

그 한마디는 막장 비리 검사, 송승우의
모든 것을 통째로 리뉴얼시켜 버렸다.

빠라끌리또=Helper, 협력자, 성령.

Book Publishing CHUNGEORAM

유행이 아닌 자유추구 -
WWW.chungeoram.com

철백 新무협 판타지 소설
FANTASTIC ORIENTAL HEROES

大武

대
무
사

피와 비명으로 얼룩진 정마대전의 종결.
그리고…

"오늘부로 혈영대는 해산한다."

혈영대주 이신.
혈영사신(血影死神)이라고 불리는 그가
장장 십오 년 만에 귀향길에 올랐다.

더 이상 전쟁의 영웅도, 사신도 아니다!

무사 중의 무사, 대무사 이신.
전 무림이 그의 행보를 주목한다!

Book Publishing CHUNGEORAM

귀천이 이닌 자유추구 -
WWW.chungeoram.com